モナドの寓話

——詩的作品とエッセイ——

高橋　馨　著

モナドの寓話——目次

Ⅰ　詩的作品　十三篇

Ⅱ　ショート・エッセイ　十六篇

Ⅲ　論考

表紙写真は市川市内の散歩道にて

後書き

後書きが目次の次というのも珍しいのではないか。別に間違いではない。そんな本もあってよいのではないか、そんな程度の思い込みにしか過ぎない。

私はこれまで表現行為である記述、あるいは、ペンで用紙に「書く行為」の総体をエクリチュールと称して、その意味を追求してきた。本書の詩的作品もエッセイもそれに沿うものと思っている。最後のエッセイ「ルソーの『夢想』を読む」は、中で一番の旧作で、インターネットのブログ（二〇〇九年九月二十一日から同年十一月二十五日まで）に連日掲載したものであり、即興的に書いたのでほとんど推敲していない。その場の思い付きの方が時間をかけた熟考よりもかえって、自分の気持ちがあらわになる場合もあると思っている。エクリチュールは過程を読むのであって、結論を知るために読むのではないのだから。

I　詩的作品　十三篇

蚊

モスキートならいいのに
蚊なんだから困る
「蚊がいる」と言うと
四歳の孫は
かならず言い換える
「蚊ががいる」

蛾だったらどうするの?

満月

灯りも点けずに
窓際にたたずみ
魅入っている
蜜柑色の熟れた月

しぼんだ肩口
小さく

呼んでも届かない
呼んでも答えない

遠くの耳
遠くの母

長い夜

叫んでいる
自分に気づく
両腕が痺れている
指の関節が痛む
腰に鈍痛
事故の後遺症

天罰覿面　覿面天罰
天覿罰面　罰面天覿
天天罰罰　覿覿面面
　思えばとんだ貧乏くじを引いたものだ

乞うている
相手は誰か
うべなう咎《とが》は
思い当たらぬでもない
長い夜が明けたとして
叫びは続くだろう
痛みも

赦してくれ！

——一九八七年八月、賢治に憧れ岩手山登山、滝沢方面へ下山途中滑落、最初で最後の単独行であった。

夜鳥、鳴く

夜、鴉も鳴くのですかと、
鴉に聞いたら
鳴くに決まっていると
鴉に笑われてしまった。

夜、鴉も笑うのですかと、
鴉に聞いたら
鴉に笑われずに、
泣かれてしまった。

夜、
鴉もそれなりに
哀しいのである
　闇に溶け込めずに

ミロのヴィーナス

吸収する瞬間の揺らぎ
完璧なバランスのフキサチーブ
切断された両腕に血糊はない
人間離れしていて
あまりに堂々としているので
つい
後ろに回って
お尻が見たくなる

そこに答が見つかる
わけではないのに

ガム・シャッフル

ガム　噛む
むが　かむ
かむ　ガム
かむ　むが
ガム　むか
むか　ガム
むが　むか
むか　むが
ガム　噛む
かむ　かむ
むか　むか
むが　むが
むむ　がか
がか　むむ
むむ　かが

かが　むむ
か　むむ
かが　むむ
が　むむ
ガム　噛む

シャッフルズ

付記　ガムを噛み、鏡を見ながら、出来れば、ゆっくり朗読してください。ただし、人に見られないように、特に子供と配偶者には。ガムの味が完全になくなるまで繰り返して読むと、詩の形而上学的な味が残る、道元的あるいはウィトゲンシュタイン的かも。

言葉の黴菌

そのされは、ばのさい菌のように、ひのさろがった。びのさょう院からでのさはなく、がのさっ校のかのさたすみから、せのさん生も、おのさやたちも、しのさらないうのさちに、がのさく年を問のさわずに、クのさラスからクのさラスへ、りのさゅう行にののさりおのさくれたものさのは、わのさらいものさのにさのされ、はのさじをかのさかされ、はのさやしたのさてられた。りのさょう原の火のさのような、いのさきおいであのさった。おのさ調子者は、じのさ由じのさ在に、くのさりのさだのさしはのさや口でまのさくしたのさて、ののさりおのさくれたものさのは、あのさ然として、はのさてはうのさらやましがり、ぼのさう然としのさた。さのさいわい、さのさんか月しのさか、つのさづかなのさかった。そのされでも、まのさ違いなく、さのさんか月もつのさづいた。りのさゅう行のかのさぜが、ひのさきさのさったあのさとは、つのさかうものさのは、ばのさかにさのされ、いのさじめられ、このさづかれ、たのさちまち、のさ言葉は、あのさとかのさたもなく、ゆのさめのように、わのさすれさのさられた。ののさのきのさおくは、いのさじめられ、このさづかれ、とのさりののさこされたものさのにトのさラウマとのさしてののさこった。

【現代語訳】それは、黴菌のように、ひろがった。病院からではなく、学校の片隅から、先生も、親たちも、知らないうちに、学年を問わずに、クラスからクラスへ、流行に乗り遅れた者は、笑いものにされ、恥をかかされ、囃したてられた。燎原の火のような、勢いであった。お調子者は、自由自在に、繰り出し早口でまくしたて、乗り遅れた者は、唖然として、果ては羨ましがり、呆然とした。幸い、三か月しか続かなかった。それでも、間違いなく、三か月も続いた。流行の風が、引き去った後は、使う者は、ばかにされ、いじめられ、小突かれ、たちまち**のさ**言葉は、跡形もなく、夢のように、忘れ去られた。**のさ**の記憶は、いじめられ、取り残された者にトラウマとして残った。

スキットル

「不安ですね」と隣から声を掛けられてぎくっとした。しばらくして
「不安ですね」と答えた。

　髪を淡いバイオレットに染めた、やや小太りの老婦人である。日焼けした指にはいくつものリングが重ねられ、袖口から手首のカラーブレスレットがのぞいている。気づいてみれば、先の駅の人身事故でホームに止まったまま動かない。しびれを切らせた乗客が、ぽつりぽつりと、出てゆく。快速に乗り換えようというのだろう。駅のアナウンスは同じセリフをわずらわしいほど繰り返している。

「人身事故なんて、自殺ですよ」

　そうかもしれないと思った。

「きっと年寄よ」と独り言のように続ける。

　人身事故が自殺になり、それが年寄りと判定され、そうかもしれないと思った。

「犬や猫と同じですね。駅のアナウンスだけを残して消えて行くんです」

　この人、大丈夫かなと思えてきた。若い頃はきっと魅力的であったろうなと思わせる色気がある。婦人は、バックからモザイクを施された小さなスキットルを取り出すと、キャップを開けて一口含んでバックに戻した。一瞬、ぷんとウイスキーの臭いが漂った。

　その日、東京で歌舞伎を観た。「応挙の幽霊」という喜劇が面白かった。貧しい道具屋が、二束三文で応挙の幽霊図を手に入れる。もちろん、偽物。それを若旦那に売りつけて大儲けをたくらむという話だ。幽霊の絵の前で、酒を飲んで悦に入っていると、若い女の幽霊が絵から抜け出てきて、酒の相伴にあずかり、酔っ払ったすえに主客が逆になって、道具屋が絵の中に閉じ込められ出られなくなって、女の幽霊が大酒を飲むというオチ。

夜中、はっと目が覚めた。にわかに車中の老婦人との会話がよみがえった。

　一階に下りて、食器棚から、食器類をテーブルに並べて、奥まで探した。

　結局、無駄骨でスキットル、つまり携帯用金属ボトルは見つからず、しつこい不安だけがいつまでも残った。

道の真ん中で

一瞬目を輝かせてから夢見る眼つきになって
「あまりにお母様と似ていらっしゃったもので」
と弁解する老人
「よく姉と間違えられます」と私
「お元気ですか」
「私のことですか」
「いやお母様のことですよ」
「母は昨年亡くなりました」

「御冗談を、一ケ月ほど前にこの道で会いましたよ」

「それは姉ですよ、あなたは高橋さんでしょ」

「おかしいなあ、なぜ、あなたは私を知っているのですか」

「いつも苔玉の品評会で——」

「それ私ではありませんよ」

「御冗談を」

「でも高橋なんてどこにでもいますからね」

「わたしは高橋さんなんでしょ」

「わたしはタカシです」

「タカシもどこにでもいますね」

「ところであなたのお名前は」

「どうも人違いだったようで」と私
「お姉さまによろしく」

「はい、わかりました。お名前は」

「タカシです」

「タカシでわかりますか」

「分からないと思いますよ」

「分からない人からよろしくと言っておきます」

そのとき、遠くで今年初めて蝉の鳴き声を聞いた、ような気がした。

早朝の電話から

早朝、しばらく音信の途絶えた、学生時代の三人組の一人Gから電話があった。いつになく朗らかに若やいで、声が弾んでいる。特別な要件はなく、ちょっとへんな感じが残った。

直後に、もう一人の友人Mから電話。Gの奥さんから今しがた連絡があって、Sは認知症気味で、もしお会いになるのでしたら、よろしくお含みおきをとのこと。

Gを心配したMの計らいで、さっそく三人で会って、それとなく元気づけようと、上野広小路の和食で会食することに。

相応に老けて、ひと回り小さくなり、アナグマのように目ばかり光っていたが、Gに異変があるとは思えなかった。あらためて三人の友情にほめたたえ、若い頃、お互い貧しかったこと、それでも、何度となく山歩きや温泉に親しんだのを懐かしんだ。その頃は、恋人を紹介し合い、家族ぐるみで付き合った仲であった。

地下鉄の出入り口でMと別れてから、上野駅まで送ってくれと言われて、おやおやと思った。常磐線のホームへ階段を登るのを確認。

数日後、Mから会食のときの写真二枚とGが元気で良かった旨記した簡単な手紙。送られてきた写真を観て異様な感じがした。これが自分だと言われても、どこかよそよそしくネズミめいた小太りの白髪の老人としか見えない。自家用出来合いのイメージと違う。早朝の電話は、一個の不可解な怪物にかかってきたのでは。

Gからも手紙。当日の勝手気ままなおしゃべりを侘び、またまた昔の思い出を語っていた。字体は荒れているが、前からこんなものかも知れない。失われた日々は、宿命的な愚行や後悔ばかりが先に立って、ひたすら懐かしむ友人が羨ましかった。

その番号が思い出せない

名刺が見つからない。

定期入れの中には、なぜか、印刷ミスの氏名だけの白紙一枚。

会社の電話など店舗一覧が載ったパンフがいくらでもあったろうに、リビングの戸棚など家さがし、どこにも見当たらない。

時計の針は、始業の時間は過ぎて十時に迫っている。

二階に駆け上がる。書斎に入ると、部屋の様子ががらりと変わり、記憶のどこから迷い込んだのか、中学生くらいのトレーナーを着た、やや太めの女の子が二人、机を並べて気ままに遊んでいる。

「おれの名刺、知らないか」と唐突に聞く。どうぞお調べください、というように空っぽの引き出しをあけて、あっけらかんと示す。

直子の部屋に行く。

これも中学生くらいで、学生服を着て机に向かい勉強している。

「おれの名刺、知らないか」

振り向きもせずに「知らない」。

取り付く島もない。無視されたのに腹を立て、ちょっとどけよと、乱暴に腰かけたままのスチール椅子を動かす。机の引き出しを乱雑に探す。

「自分の部屋を捜せばいいじゃない」と猛然と抗議。

書斎に戻る。遊びに行ったのか二人ともいない。見渡せば、まさに女の子のピンクの部屋に代わっていて自分の部屋の面影はない。右の袖引き出しも、塵ひとつない空っぽのまま、どうぞ見てくださいの格好。

番号問い合わせの電話を思い出し、一階に下りてダイヤルを回そうと受話器をとった、一〇四、一四四、二〇四、………、尽きることない組み合わせ、一一九一〇四、旧式の黒ダイヤルは、際限もなく回り続け、なにかを探り当て……、はっと、目が覚めた。

まだ夜は明けていない。

架空会社

街に言葉見習いの子ガラスが姿を見せる頃、通信費を節約するため光通信の基本契約を変更。電話会社のショップで手続きをして帰ってきた、翌日から固定電話の回線がつながらない。友人・親戚と連絡が取れず、商売でもしていたら仕事にならない。早くからショップに出向いて、苦情を言ったが、「直接、電話会社に連絡して欲しい」の一点張りで二時間粘ってもらちが明かない。ショップは技術的な方面にかかわらない、契約のエージェンシーに過ぎないのだ。憤懣やるかたなく帰宅。

午後から腹を決めて、苦情相談のインフォメーションにケータイから電話、やっとかかったと思ったら、録音電話が繰り返された。契約については①を、接続について②、操作については③を、その他は④の番号をプッシュしろと自動電話、つながらない時は、電話会社のホームページからメールで問い合わせて欲しい、さっさと電話をあきらめよと言わぬばかり。パソコンのＨＰなど、いつ回答のメールが届くかも分からない。イライラしながら、番号をプッシュすれば、「操作が確認できませんでした。申し訳ありませんが最初からやり直してください」。ようやく、つながる、延々と待たされて、こんな時、聴きたくもないエリック・サティのピアノ曲らしきミュージックが流れて来る。プッツンしてケータイを途中で切りたくなる。それをこらえて五、六分過ぎたころ、窓口が出た。要件を話すと、こちらは契約の窓口で、それは回線のことですので、担当に電話を回すと言う。ここまでくれば、腹を立てた方が負けだ。なかなか担当者が出ない。前の担当が、時々、もう少々お待ちくださいと声を挿む。やっと回線の担当者が出る。「お手元の機器を確認させてください」。確かに言うとおり、目の前に、超高層ビルのような白っぽいブックエンドほどの機器がある。そこにランプが全部点っているかを確認。その裏側に、いくつかの穴が縦に並んでいる、「電話線と書かれた四角い穴を有りますね」。字が細かくて読み取れず、机の引き出しから大型のルーペを探し出して、それでやっと穴を見つける。そこへ電話線の端子を差し込めと言う。普段、電話線の配線を意識したことなく、わかるはずない。神経を翻弄され、意識の回路が混線して、いいかげんな返事をしてケータイでの交渉をうち切る。女房も、電話が使えずに、逆上して私を責めて、今までのあることないこと私の独断専行を糾弾。私ではらちが明かないと、自分でさっさと電話会社にケータイして、一週間後に、工事人が来るとのこと。それも一万二千円も実費がかかると言うのだ。

翌日、散歩のついでにホームセンターへ寄る。端子付の電話コードと二股のモジュラー・ジャックを買う。ＦＡＸの電話コードを外して、それまでつながっていたモジュラー・ジャックに買ってきた電話コードを、差し込んで、一方の端子を例の穴に差し込むとこっちから相手への電話は通じる。だが、先方からこっちへはつながらない。電話会社を経由せずに、直接こっちから連絡する手段はないので、約束の工事人をひたすら待つしかない。本体の電話会社は架空の存在のように顔が見えてこない。大きさは親と見まがう子ガラスが向かいのアパートの物干し場で、おぼつかなげに鳴いている。Ka,Ka,Ka,ka,……。

女房が電話してから一週間目、工事人がやってきた。長身の若者二人を従えた作業服姿も凛々しい五十代のいい女。二人にてきぱきと指示、男たちは家の中をしなやかな獣のように駆けずり回る。改築増築を繰り返して、その間、電話会社も変更しているので、配線が複雑な鉄道路線図を読み解くように難しい。手を加えたのは、単純な作業で、私が買ってきた二股ジャックを例の白いタワー器具の電話口の穴に差し込み、ＦＡＸとつなぎ、これも買ってきた電話線を二股のもう一方につなぎ、片方の線の端を、ＦＡＸがつながっていたジャックに差し込む。これで費用を取られたら、たまらないと思ったら、訪問依頼のキャンセル扱いで無料。電話会社を名乗っているが、工事の人たちは、会社と契約して、その指図に従ってライトバンで移動しているだけなのだ。小太りの中年美女に現役の手際よさを見せつけられて、結局、二週間不通であった固定電話は、あっという間に機能を回復した。

切り刻まれた神経は疲労困憊、持病の頸椎ヘルニアで両腕が痛み、今さら、雲を掴むような架空会社に抗議する気力も失せた。テレビはどのチャンネルを選んでも電話会社のすっとぼけた意味不明の戯画的なCM。フランツ・カフカには「城」という長大で退屈な作品があった。「城」に雇われた測量士Kが「城」のまわりの複雑な回路を際限なく巡る話でなかったか。たどり着くのを諦めない測量士はタフであった、それを書いたカフカも。読みきった当時の私もタフであった。たしか、カフカはカラスの意味のはず。

向かいの物干しでは今日も言葉の稽古、

Ka,,Ka,,Ka,,　やけに生々しい、可／不可　可／不可、

fka はどうした！　こいつにいつまでもつきまとわれたらたまらない。とりあえず、プラスチックの物干し竿を伸ばして追い払う。

モナドの寓話

ビルの谷間には乗合バスが止まっている。今にも雪が降ってくるように、空は重い。大都会の活気とは勝手が違う見知らぬ街である。小銭入れを探そうと、ズボンのポケットに手を入れる、指先が通って、底が破れている。なにかがある、引き出す。くしゃくしゃの紙切れ、伸ばしてみると、☆印がいくつも印刷されていて馬券のようなチケット、日付は、二〇一三年一二月某日、ずいぶん昔のような気がする。おつりの出口を探る、と運よく、十円があった。その十円を投入する。自宅の番号が思い出せない。いや、自宅など、自分にあったのであろうか。受話器をフックに戻した途端に、着ている黒い衣服、背広もズボンも自分のものでなく、よれよれで油染みて、いやな臭いがした。靴は履いておらず、黒い靴下のまま電話ボックスに佇んでいた。誰かの葬式の帰りであろうか。喪服を着て競馬もないだろう。窓ガラスにぼんやり映る老人の顔、自分とはとても信じられない。薄暗い足元を見ると、大きなマンホールの鉄の蓋の上で自分は、電話をかけていた。ボック

スを出ようと扉を押したが、びくともしない。こんなところに閉じ込められたらたまらない。本気で体ごと押してみる。電話機の下にブリキの赤い道具箱のようなものがあって、幸い、錠は完全にかかっていない。中にはバールやスパナのような鉄の工具が何本かあった。その一番長い鉄のバールで、ボックスの扉をこじ開けようとする。いっそうボックスは固く閉ざす感じ。窓は強化ガラスらしくて、ひびが入るだけで大きくは破れない。ガラスの小穴から、強い風か吹き付ける。とたんに、ボックスに灯りがともった。そういえば、辺りは夕暮れ。もうそんな時間かと腕時計を見ると、女の子用のピンクの玩具のような時計なのだ。文字盤に目の大きな金髪の女の子のアニメが画かれている。止まっている。急に尿意を催した。マンホールの蓋を空けてみようと思いつく。取っ手にバールの先を引っかけてようやく成功する。五メートルほどの下は、なんと水で満たされている。垂直な鉄製の階段が梯子のように水面に下りている。海へと続いているのであろうか、潮の臭いがボックスまで漂う。「駄目じゃないの、お父さん、結婚式に遅れてしまうは」、覗くと、見知らぬ可愛らしい女の子が花嫁衣装の白いドレスを着てピンクのモーターボートの上から手招きしている。躊躇することなく、鉄の階段を一歩一歩降りる。波しぶきが、体に顔に降り注ぐ。ユリカモメが次々と、下からマンホールの穴に吸い込まれるように入っていく。あれでは、電話ボックスがカモメで一杯になってしまうと思う。ボックスには最初から、天井が抜けていて、空へと吹き抜けであったのかと考える。そういえば、窓ガラスの外から誰か見知らぬ老人が覗いていたのかも。下り階段は際限もなく続き、くたびれた靴下の素足から眠気に襲われ、記憶の「駄目じゃないの、お父さん」に励まされながら。天国にしても地獄にしても、もう戻るにも戻れない――。

Ⅱ　ショート・エッセイ　十六篇

リチャード・パーカーの話

レンタルで借りてきて、これはというＤＶＤに巡り合える確率は、二十回に一枚という効率の悪さだ。ケースに書いてある説明では内容までわからない。それでも三十分も観れば、好悪がはっきりする点が効率的なのであろうか。比べれば読書は一冊二時間前後で読める著作などない。最後まで読まなければ理解できない場合も多い。

ＤＶＤ「ライフ・オブ・パイ」（アン・リー監督・二〇一三年ＤＶＤ発売）を観て、まず映像の美しさと驚嘆のスペクタクルに感動した。今回も、簡単なストーリーを書いておこう。本稿は、映画の紹介ではないので、一度見ただけの私の主観であって、筋を取違えたかもしれないが。

① あらすじ

大戦後、南インドの保養地ポンディシェリーの動物園が閉園に追い込まれて、経営者一家は、動物が高値で取引できるカナダを目指す。ところが、太平洋の南海で猛烈な嵐に遭遇して、乗り込んだ貨物船は動物ともども沈没する。かろうじて、パイ少年は、ただ一人救命ボートで脱出に成功する。いや、思いがけなく、ボートには、船倉の檻を抜け出した動物――シマウマ・オランウータン・ハイエナ、そして動物園の花形であるリチャード・パーカーという虎が同乗していて、弱肉強食の修羅場が展開される。もちろん、スナップやＣＧを駆使したトリックなのであろうが、傷ついたシマウマがハイエナに食われ、ハイエナと戦ったオランウータンはかみ殺される。一部始終を観ている少年の前にパーカーが現われハイエナを食い殺す。残った少年とトラとの心理的な駆け引きを含めた熾烈なバトルが展開される。それにしても、美しくもまがまがしいトラの迫力は驚異的である。長い漂流中の闘いであるから、補助食を食いつくし飲料水も飲み尽くしていく。両者が食い物に困り海中の魚を捕らえて食したりしたが、飢餓にやせ細っていく、この過程の描写が、延々と続く。虎と少年の暗黙のテリトリーがなかば自然に出来上がっていく。だが、一瞬の油断も許されない。やがて、小さな無人島へ漂着する。ここでファンタスティックな美しい世界が繰り広げられる。何千何万というミーアキャットだけが生息する楽園である。トラはこの小動物を食って飢えをしのぐ。ところが、この美しい島は、夜になると真ん中の真水の池があふれだして、ミーアキャットは密林の木によじ登ってようやく生き延びるのである。少年は、島が真ん中の池を口とする一つの生物であるのに気づかされる。なんと人食い島なのだ。本能的にボートに戻った虎と共に島を脱出する。大嵐に遭遇して、少年はメキシコの海岸に漂着する。ここで瀕死のトラであるリチャード・パーカーは、少年になんの執着もなく密林に姿を消すのが印象的でこの作品の圧巻であろう。少年は地元の人に発見され病院に連れ込まれる。貨物船の沈没の原因を究明に保険会社の調査員が病院の少年を訪ねてくる。少年は、冒険の一部始終を語るが、荒唐無稽な話として信じない。保険会社は、貨物船の沈没の原因が知りたかったのであろう、解明されないまま引き上げていく。

② もう一つの物語

この冒険譚は、パイが成人して、すでに結婚してカナダで小さなレストランを経営しているところへ、作家志望の男が訪ねて来て、彼にせがまれて語られた物語なのである。これとは別に、保険会社の調査員に信じてもらえず、やむをえずパイが語った物語がある。ボートに逃げ延びたシマウマは傷ついて動けなくなった船員、ハイエナは、生き延びるために船員を食べることを選ぶ男、それに抗って殺されたオランウータンはパイの最愛の母、そしてトラは少年パイ自身として語られるのだ。この物語を信用するとすれば、パイは母を殺した男を殺害するリチャード・パーカーということになる。

この映画のほとんどありそうもない設定から言って、悪く言えば、それをごまかすために、ボート内の弱肉強食の修羅場のリアリティとトラの圧倒的な存在感が要請されたのだ。あり得るものとして、パイが後に語った物語のリアリティが浮かび上がってくる。この映画は、映像の臨場的な迫力と心理的な、ある意味で、文学的エクリチュールとのリアリティ対決を見据えていると言えよう。アン・リー監督の問題意識は、間違いなくそこにある。リアリティとはなんなのか、現世とはなんなのか、それを問うている。

私がこの映画を観て強く感じたのは、来世的な世界観でなく、今をいかに、精神的な意味で、豊穣に生きるかを問われたことである。夢と現実のひと時に、それがすべてであるという感覚である。おそらく、パイが語った二つの物語は、いずれもそれぞれのメタファーというよりも、一つの真実なのであろう。

③ トラとの距離

パイは長い漂流生活の間、トラを救命ボートに生息させて、自分はボートからロープで繋がれた筏で生活した意味は大きい。なぜなら、トラこそパイ少年の生きる本能と同時に、死の観念だから。小さな筏の少年が、製作者であるアン・リー監督の位置なのだ。野生のトラを生かしながら、それを馴らすのではなく、一定の距離を保つこと。どこか、サン＝テクジュペリの星の王子様と砂漠キツネとの対話を思わせはしないか。その相違さえも。

ふと、私は黒沢明監督の名画「デルス・ウザーラ」――日本人はまったく登場しない珍しい映画――を思い浮かべた。猟師兼森の案内人デルスは、密林でトラと遭遇しても決してあわてて銃撃せず、退散するのをじっと待つ。だが、いつになく恐怖に捉われ、動転して射撃する。トラは、悠然と森に姿を消すが、きっと別の場所で死を迎えるのだ。そのとき、デルスは、みずからの運命が尽きたことを悟る。射撃の腕が衰えたのを自覚し、いったんは、仕事を辞めるが、都会生活に馴染めずに、また森に戻り、トラではなく悪党によって非業の死を遂げる。

④　パイという結論

この映画にはほかにも、たとえば、幼年時代のエピソードや無人島の幻想的な映像のような多様な伏線が引かれ隠されていて、その解明も興味深い。とりわけ、無人島シーンは、ヒンズーのシヴァ神を彷彿させるメタファーが息づいている、美しくも恐ろしい宇宙的なイマージュである。パイが西洋人でなく、インド人であることも、この映画の必須条件であったろう。そもそも、「私」であるパイという少年の名前の由来が、コンピューターでも解けない、延々と続く無理数である円周率を意味していることを忘れてはなるまい。

なお、余談だが、トラの名前リチャード・パーカーを、インター・ネットの百科事典サイト「ウィキペディア」で検索すると、とんでもない実在の漂流事件がヒントとなっていることが分かる。原作の創作過程を勝手に想像するのも面白い。ちなみに、この映画のサブタイトルは「トラと漂流した227日」、アカデミー賞の四部門で受賞しているとのこと。

工芸製本（ルリユール）の世界観

大量の食品が賞味期限切れで廃棄されていく。食物ばかりでなく、街には放置自転車があちこちに散らばり、山奥にまでリサイクルされるべきテレビや冷蔵庫が捨てられている。書物にしても同じで、ごみ置き場には、書籍・新聞雑誌が積み重ねられている。すべてが、最初から捨てられる運命ではなく、好んで食べられ、愉しまれ、読まれたものであろう。あるいは、そのように期待されて生産されたのだ。一方で、その日の食にも困り、深刻な飢餓状態に悩まされている世界が隣り合わせにある。

書物一つの歴史を辿ってみても、一冊の本がいかに珍重され、探し求められ続けてきたかを考えれば、想像力は語りつくせないのではないか。書物が書かれるまでの過程、文字を書き表すペン先一つの変遷も、それによって記される紙など用具の歴史も、途方もないものであろう。

エクリチュールの一つの帰結であるパソコンによる執筆にしても、マウスとキーボードはペンであり、モニターは紙なのだ。それでも、当然、原初のスタイルへの憧憬は、決して忘れられるはずもない。合理性の名のもとに、その間に、置き忘れ、血を流して欠落してきた膨大なものの怨嗟をともないつつ。

さかのぼり行き着くところは、ペンと紙と書物という物質要素に至る、それを読む孤独な人影が浮かび上がってくる。それがエクリチュールの原点なのだ。

ペン先や万年筆にこだわる場合もあるだろうし、さまざまな紙質に執心する場合もある。一冊の本にこだわれば、その装丁などたたずまいが興味の中心になる。しかし、ここでも大量に出版される、廃棄を当初から予想されている生産出版物ではなく、手書き・手作業で一冊の本を他人のためではなく自分のために作るというのがもっとも凝った在り方であろう。自宅を自分で造る人もいるようだが、不器用な自分にはとうてい本など造れない、製本は絵画や彫刻と同じく技術もセンスも必要なのだ。

本来、読書は、必要な知識を得るためにあるのではなく、書き上げたエクリチュールを書物として作り上げてそれを作った過程に劣らず、しっかりと熟読すること、総体的立体的な過程を読み取ることではなかろうか。リルケが『マルテの手記』で「貴婦人と一角獣」のタピスリーを描くのは、こうした視点なのだ。

ひたすら当座の必要に応じた読書にとってこれほど不合理な作業はないであろう。逆説的に、読書が、知識を得るという枠組みであるとすれば、大量生産が前提となる。エデンの園でイヴが知識の木の実を食べてアダムにも薦めたのは、愛よりもむしろ大量生産への道を切り拓いたと評すべきかも知れない。

ある工芸製本展を観てきた。愛書家が、蔵書の中から、愛着のある一冊を選んで、工芸製本家に依頼して、新たに製本してもらうのだ。愛着のある本だから、もとの本のイメージを損なわない範囲で。そこでは、西洋の工芸製本——ルリユールと呼ばれている——の伝統技法に則り、表紙・背表紙・箱などを高級皮革や特殊な色紙、そして背表紙には金の箔で題名を入れる。そうした本が十点ほど陳列されていて豪華で贅沢な雰囲気を醸していた。製本家の作品であるから一点一点、同じものはなく個性的なものであった。

もちろん、展示は工芸製本の宣伝のものであるが、本来の用途は、蔵書の一冊を工芸製本した立派な本が、自分のためであって、人に見せるとしても、ごく限られた範囲の者であろう、そのようにプライベートな性格のものなのだ。

私はふと空想した。それは錬金術師の竈のようなものではないか。それを読むことが竈に火を入れる愉悦なのだと。

取り寄せたパンフを読めば、一冊、十万円ほどで作ってもらえる。納期は数か月を要する。製本には、もとの本の形態によっていろいろ制約があるようで、なんでも工芸製本できるわけではない。説明だと、いったん本をばらすので、古書店で見かける戦前のしっかりした製本の本が一番適しているのだそうだ。一昔前に、現在よりもずっと本が珍重され、丁寧に作られた時代もあったのだ。

家に帰って、蔵書を調べたが、やはり愛着があるのは、自分の処女出版に当たる私家版の作品集『凹面鏡の焦点にて』であることが分かった。また、その最初の本だけが、製本の状態も工芸製本に向いていて、他はどう考えても工芸家の手に渡せる製本ではなかった。

確かに、一冊十万円以上、しかも自分の著作、いったい何のためにという気もする。エクリチュールの原点に返りたい、そんな気持ちの象徴として――。価値観が極端に隔たっている女房に話すわけにもいかない。ただ、手元に置いておくだけだ。嫁に行った娘が家に来たら、自慢してやろうか。

手垢やほこりから守るために他の本と一緒に書架に飾るわけにはいかない。たった一人のための革表紙の特装本！　注文した本が到着するのを心待ちにしている。ときには、他人にも見せたくなろうか、物好きとして呆れられるにしても。

つつしみを失った愛国心の行方

映像と文字表現の違いを確認したいので、原作が小説の映画を努めて観るようにしている。本当は、映像を文字化した小説も読みたいのだが、めったに見つからない。

昨晩、ＤＶＤ「暗いところで待ち合わせ」（監督大願大介・主演田中麗奈・二〇〇七）を観た。原作は乙一の小説である。簡単に映画のストーリーを記しておく。

同居していた父親が亡くなり、広い家で一人暮らしを始めた盲目の若い女性の物語である。女性は毎朝、窓を開けて前にある駅のプラットフォームを眺めるのを日課としている。見えるわけではないが、気分が良いのであろう。ある日、そこで殺人事件が起きる。男がホームから突き落とされて、入ってきた電車に轢かれたのである。盲目の女性は、目が見えないので事件を目撃したわけではないが、テレビのニュースで事件を知る。もし目が不自由でなかったら見た可能性があった時間帯である。重要参考人として追われているのが、轢死した男に職場で虐められていた日中混血の青年であるのも知る。

　不自由な女性を時々訪ねて来て何かと手伝ってくれる幼馴染の友人がいる。活発な女友達で、引っ込み思案で友人も少ない盲人女性を心配して、街に連れ出そう誘う。こぎれいなレストランで食事をしたとき、そこで働いている若い女を知る。彼女は、数日前に、女性の家に洗濯物が飛んできたと言って親切に届けてくれた女であった。盲目の女性の家で友人の女性とレストランの女の三人でささやかなパーティーをすることになる。

　実は、この家には、前から人の気配がしているのを盲目の女性は感じていた。恐怖というよりも、雰囲気で悪い人でないとも思った。殺人事件の犯人として追われる青年は、盲目の女性の家に逃げ込んでいてひっそりと潜んでいた。気配だけの青年と盲目の女性の不思議な共同生活が続いていて、女性の迷惑になるのを怖れた青年は、自分が犯人でないことを告白してパーティーの直前に家を出る。

　パーティーが始まろうというとき、友人が買い出しで外出した時、レストランの女と女性の二人だけになる。そのとき、盲目の女性が、ホームの見える窓際で、女にあなたが事件の真犯人だと静かに告げる。女は殺された男の元恋人で結婚まで約束していながら捨てられたのである。青年も男には恨みを持っていて、自分もやりかねなかったのだが、突然、この女が現われて男を転落させたのだ。女は真相を暴かれ、盲目の女性を殺そうと首を絞めているところに、いったん家を出た青年が戻ってきて真犯人を取り押さえる。

　眼が見えない女性と社会的に追い詰められた青年とが、密室での秘かな同居と交流を通して、男女関係というよりも、もっとも深いレヴェルでの人間的な繋がりの基底を描いている。一度しか見ていないので、ストーリーを少し取違えたかもしれない。映画の紹介が目的ではないので、容赦願いたい。今のところ、原作は読んでいない。

私の意識に引っかかったのは、盲目の女性が一人で外出した時に描かれる、健常者や子供の、容赦ないしぐさである。何度も突き飛ばされそうになったり、自動車のいらいらしたクラクション、子どもの自転車の乱暴な運転、強調し過ぎではないかと思われるほど。さらに、日本語での表現に不自由な青年――中国残留孤児の息子か――への職場の同僚たちの意地の悪さ、女に殺された男はその象徴のような存在なのだ。職場での村八分、いじめは陰湿で、観ていると胸苦しくなる。職場の外にまで付き纏われる仲間付き合い。これはひどすぎる、誇張ではないかとさえ思われた。

インターネットのこの映画の感想サイトを読んで、乙一氏の原作では、青年が日中混血ではなく、日本人であることを知った。感想はおおむね、この映画に好意的な感想で、特に盲目の女性を演じた田中麗奈に賞賛の言葉が続いた。だが、青年を普通の日本人から混血の青年（台湾の俳優チェン・ポーリンが演じている）へ、原作を変えたことに、様々な感想が寄せられていた。どちらが良かったか、原作を読んでいないので即断出来ないが、監督の意図ははっきりと理解できたように感じた。

日本社会は、まさかこれほど酷くないという贔屓目の先入観が、つまり予断と偏見が日中混血の青年の登場によって、潜在的な差別意識として、自分の内から焙り出されるのだ。そして、実際の日本社会に対する好意的な見方でなく、真相が暴かれる。おそらく、ここに描かれた職場や街頭は、誇張でなく、日本の現実の姿に違いない。

安倍内閣の成立以来、手前味噌的な自国美化が、いっそう深刻度を増している。おそらく、日本だけの問題ではなく、ナショナリズムは、常に、マイナスに作用する要素を含んでいることを意識すべきであろう。華々しく掲げられる愛国心なるものは言うに及ばず、潜在的な愛国心でさえも、やはり疑いの目を向けるべきであろう。一つのつつしみとしての愛国心、そんな言葉が浮かんできた。

この映画で、もし混血の青年でなく、普通の日本人青年の姿であったら、読んでいないので原作の小説は別として、映画としては、かなりありふれたサスペンスになって、日本の現実社会を問う映像とは見なされなかったのではないか。

生き急ぐ時間の中で

弟の中村勘三郎の死について、波乃久里子が語るテレビを偶然観て、驚いた。仲の良かった弟の死に涙も浮かべず、あっけらかんとしていた。彼女にとって弟はまだ生きていて死んだ気がしないというのだ。もちろん、葬儀に参列し墓場まで見届けたことであろう。役者根性と簡単に片づけられない、なにかを感じた。たしかに、俳優である彼女は数々の役柄をこなし、当然のことながら、役になりきったであろう。あるいは、宗教的な信念に裏付けられている場合もあるであろう。だが、テレビを観ただけの感想に過ぎないが、少しの強がりも自己欺瞞もなく、自然体に感じられた。弟の死をあたかも旅に出ているだけのような感覚、私たちも、肉親や友人との死別も、ちょっと留守にしているだけ、実際に、それが一生再会しない場合も多々あるはずであろう、それを、ふと懐かしむことはあるだろうが、悲しむであろうか。本来、自然死は、そのようなものではないのか。

また、波乃が役者をやめようとした失意の時期に、杉村春子からもらった色紙の言葉、あなたはそのように生まれてきたのだから、という主旨によって立ち直ることができたと語っていた。聞くともなく聴いた番組なので、なにしろ記憶は正確でない。いずれにしても、彼女にとって宿命というよりも、もっと自然な流れのようなものに自分が浸って生きているという実感を先輩役者の色紙から読み取ったのであろう。もちろん、彼女の場合、歌舞伎の名門の女と生まれたこともあろうが、誰にとっても、宿命とか運命的なものを選び取るのは一つの叡智なのではないか。それが彼女の場合、性急でない、一種の謙虚さによって支えられているのが、この短いインタヴューで感じられた。

最近、J・ナイハルトの『ブラック・エルクは語る』（弥永健一訳）を再読する機会を持った。ブラック・エルクは、アメリカインディアンの勇猛で聞こえたスー族の呪術師に生まれた。彼が呪術師の自覚に達するまで、夢のような、さまざまな啓示を得て、それによって呪術師として目覚めていく、不安と悦びが語りつくされている。

歴史を顧みてみよう。彼が生まれたのは、インディアンと白人が共存し棲み分けられた牧歌的な幸福な時期であった。それが金鉱の発見や鉄道の敷設などによって、土地が荒らされ、狩猟のバッファローが遊戯的に殺されていく。ついには、条約を一方的に踏みにじった合衆国によって、武力でインディアンが駆逐され、土地を取り上げられ、追い立てられて行った時代へと急変した。そうした背景を頭に入れておこう。

彼が霊力を得たのは、単に、啓示として夢を見たからではなく、それらの夢の物語を部族の長老や人々の協力を得て、そのままが演じられるのである。あたかも、戯曲という夢を、舞台で実演するかのように。野外で演じられた厳粛で雄大なスペクタクルの詳細を説明する余裕はないが、そうした儀式のような実演を経なければ、夢によって与えられた霊力をおのれのものとすることができないのである。それは夢を操る能力であり、薬草を探しだし、病気を治癒し、天候や収穫を予言する霊力でもある。その神秘的で、知的でもある複雑な過程は、カルロス・カスタネダの書によって、私たちは知るところであろう。ただ、カスタネダの呪術と決定的に違うのは、ブラック・エルクの呪術が、その霊力を民族の存亡の危機に際して、発揮しようと闘ったことである。

あるときは、インディアン・ショーの一員として民人の部落を離れて、白人の知識と力の源を訪ね、大西洋を渡りヨーロッパに行った。そこで白人の弱肉強食の文明に大きな幻滅を味わう。また、あるとき、食事中に昏倒して気を失い、その間に魂が海を渡り、自分のいない間に部落が合衆国軍に包囲されている有様を、空から視る。急きょ、あらゆる手段を尽くして帰国を急ぐ。帰郷後も、インディアンの苦境は続き、武器を奪われ、不毛の狭い居留地へと囲い込まれて行く。そのころ、別の部族から始まったゴースト・ダンス運動――インディアンの抵抗デモンストレーションの踊りと思われる――に強く惹きつけられ、ついに自分も、関与してダンス用にデザインした衣服まで作り上げる。この運動の拡大に恐怖感を持った白人によって、無防備のインディアンが多数虐殺される。

老いたインディアンの呪術師ブラック・エルクが自分の得た霊力が、民族の苦境を救うための闘いにいささかも役立たなかったことを深く嘆くのである。

私はこの書を再読して、初読のころと少し違う感想を持った。呪術師とのインタヴューを通じて、これを編んだナイハルトへの深い共感は変わらないが、ブラック・エルクの心の中には、かつて幸福であった民人の姿が滅びの姿として今なお生きているのに、白人であるナイハルトは人道的な教訓や悲劇として性急に結論付けて、一つの物語として描き切っているのではないか。一つのエクリチュールは、もう一つのエクリチュールを排除し、あるいは拒むことによって成り立つ。

私たちは、情報の氾濫と大量流布によって築き上げられ形成される物語の限界を、情動や嫌悪を超えて、じっくり見据えてかからねばならないのかも知れない。政局の右傾化の中で、マスコミによる情動を煽る報道から身を護るのは容易でない。精神の自由が不愉快な物語の不当な流布によって操作され、ないがしろにされているのを感じる。善意であれ、悪意であれ、マスコミから一方的に与えられた、がさつで性急な物語に巻き込まれない眼力が求められているのではないか。波乃久里子の話と関係ないようでいて、深いところで繋がっているようにも思われたのだ。

砂漠のバグダッド・カフェ

すでにかなり知られた名画の類であろうか、「バグダッド・カフェ」（パーシー・アドロン監督・二〇〇三年ＤＶＤ）が発売されている。

コンボイが行き交う砂漠の真ん中の寂れた給油所兼コーヒーショップに、一人の不思議な婦人が、迷い込むようにやって来る。それも徒歩で。いでたちは、黒いスーツで着飾り重い荷物を引きずっての来店に、無愛想な黒人のオーナー主婦も大いに戸惑った。まさに痩せこけた自分とは対照的に、見事にまるまると肥えた、言葉も分からない白人の外国人である。おんぼろショップはコーヒー豆さえも切らしている有様で、まともに客を受け入れる対応さえ出来ない。少々頭の弱い亭主を追い出したものだから、赤ん坊を抱えて、てんやわんやで、店は散らかしほうだいで、雇いのインディアン青年がやっとやりくりしている。黒人の独り息子はピアノ狂で四六時中騒がしく弾いている。娘が一人いるのだが、フラッパーで男友達と遊び歩いている。いらいらした女主人は、ドイツ人の婦人を金がないと見くびって、適当にあしらいショップ付属の宿泊施設をあてがう。誰も頼りにならないので、女主人は自動車で近くの街まででコーヒー豆など食料品を買いに出かける。それから物語は急展開を始める。

帰ってきたら、自分の店が自分のものでないみたいに変わっていたのだ。店は看板から窓ガラスまでピカピカ、店内もカウンター内も、整理整頓され、塵ひとつ落ちていない。雑多なガラクタは、一か所にまとめられている。まるで魔法である。外国人婦人――通称ジャスミン――は、子守を押付けられた音楽狂の息子が気の毒になり赤ん坊をあやしている。女主人は勝手にかたづけられて怒り心頭、ジャスミンがなにか自分に悪意があってか、金目当てと邪推したのだ。つんけんしてジャスミンに出て行ってくれと通告。赤ん坊を取り返えされて部屋を出て行くジャスミンの悲しげな顔を見て、この女は善意なのではないかと心を動かされる。女主人の邪険な対応は変わらないが、二人の関係が変化していく。ジャスミンは店の手伝いまで始める。よき理解者を得て息子のピアノ弾きも、好奇心旺盛の娘の態度も変わっていく。そうした一部始終を好意的に見ていた常連客がいた。ジャック・パランス――映画「シェーン」「軽蔑」などに名脇役として出演――が演じる売れない画家である。彼は、ショップの駐車場にキャンピングカーを停めていて、ときどき絵を描いている。ジャスミンは来店した客を相手にちょっとした手品をして楽しませる。何もない手からバラの花を咲かせたり、ハンカチを取り出したり、彼女は奇術師なのである。あの持ち込んだ重そうな荷物も奇術の道具や衣装が入っていたのだ。やがて店は、トラック運転手の口から口への彼女のうわさが広がって、客が増え、とうとう女主人も美声を披露する、一家総出でノリまくる。こうなるといかにもアメリカ的ノリで、私はついていけなくなる。常連客の変人の女客は、私と同じようについていけなくなったらしく「ここはみんな仲が良すぎる」と言って去っていくのが印象的だ。

それでも、最後まで観させたのは、ジャスミンと画家の感情の推移である。ある日、彼女はモデルになるのを了承してキャンピングカーの画室に坐る。何日かが過ぎ、次第に打ち解けて、自分から太った上半身裸体となる。セクシーだがセクシャルでない裸体。ジャスミンはただ人を喜ばせたい、驚かせたい、その善意だけで生きているのだ。彼女が店を掃除して一変させたのもそうした奇術の一つなのである。

このDVDを観ているときから気になったのは、フェルナンド・ボテロの太った女の絵である。分厚い画集を引っ張り出してきて観て、彼の絵を観る視点が変化したのに気づいた。そういえば、西欧の芸術の一つの流れには、太っちょの女の裸体の系統がある。彫刻のマイヨールの圧倒的な堂々とした量感、熟れた果実のような印象派のルノアール、土管のように逞しい手足の女たちを描くレジェ。視線に媚びて惹きつけるのではなく、もっと拡散するように広がる豊饒なもの。それは無心という意味で、形態の充実が、内に秘める真実なものだろう。それがジャスミンの心の真実であり、奇術なのではなかろうか。

とりあえずジャック・パランスの画家は別として、ボテロの描く太った女の裸体は、豊饒を入れる乾杯のジョッキである。彼は、形態を描くのであり本来モデルなど必要ない。

映画のストーリーに戻れば、ジャスミンは滞在期間切れで警察に捕まり、バグダッド・カフェを去る。よほど店が忘れがたかったのであろう。期間を延長して店にふたたび姿を現わし、女主人を喜ばせる。その時、画家が滞在期間切れの心配がないようにという、しゃれた理由でジャスミンに結婚を申し込んで、めでたしめでたし。彼女と画家の間にあからさまな恋愛感情を差し挟まなかったのが、どこかにすがすがしさを残した結末であった。

現代社会において、ある意味で太った女はマイノリティーである。その真実を明らかにしたのがこの映画であり、ボテロの画業であろう。バグダッド・カフェとは、奇人変人、つまりマイノリティーばかりの舞台なのだ。今でも、アメリカの砂漠には存在するであろうか。残念ながら、日本の風土には、そうした自由の気質は欠乏している。奇術や手品を愉しむよりも、むしろ詮索好きなのだ。

エロスの真実とマイノリティ

パーシー・スレッジのソウル・ミュージック「WHEN A MAN LOVES A WOMAN」が流れている。映画「クライング・ゲーム」（ニール・ジョーダン監督・ＤＶＤ二〇一二年）の冒頭である。映画の最後も同じ歌が流れて終わる。

男が女を愛する時
彼の頭には彼女のことだけ
彼女のためには世界だって変える
たとえ彼女がワルでも彼には見えない
男の愛は盲目だから
女のためなら親友にも背を向ける
男が女を愛する時
男は全財産をなげうつ
彼に必要なのは愛する彼女だけ
楽な暮らしには何の未練もない
雨に打たれて野宿してもいい
もし彼女がそうしろと言うなら
男が女を愛する時
男は女にすべてを捧げる
自分の愛を貫くために
愛する女よ　僕に冷たくしないで
男が女を愛する時
その愛が深ければ深いほど
女は男に悲劇をもたらす
いつわりの愛でも気づかない男
男の愛は盲目だから

最初の舞台は英国領北アイルランドのベルファストの郊外であろうか、黒人の大男の兵士が、金髪の女に恋して仲良くなる。ところが女はＩＲＡ

（アイルランド共和国軍）の色仕掛けのおとりであって、密会の現場で、女の仲間の男たちに捕らえられる。彼らは黒人兵士を人質として、英軍に捕らえられている仲間の釈放を要求する。三日以内に要求が認められなければ処刑すると予告。女の恋人ファーガスは、黒人兵士の見張り役となる。

隠れ家で、一対一で相対する時間が長くなり、反発しながら、しだいに兵士と見張りは感情が通じるようになる。

黒人には素敵な恋人がいることを知る。自分の死を察知した兵士は、写真を見張りに託す。人質を殺害する命令が出され、処刑を見張り役に決められる。裏手に連れ出したとき、黒人兵士は恐怖のあまり、駆け出す。その時、隠れ家が英軍の戦車に襲われ、見張り役も含めて仲間は散り散りとなる。人質の兵士は味方の戦車に轢かれて即死する。

ファーガスは自分の役目に失敗したので、仲間の追求を逃れて、ロンドンへと逃亡する。建設現場などで働くうちに、写真の女ディルを訪ねてみる気になる。女は美容室とバーで働いている黒人系の美女であることを知る。二人は互いに惹かれるようになる。女のアパートへ行ったとき、兵士の男と撮った写真がたくさん飾られている。彼女は、すでに彼が戦死したことも知っている。兵士も女も互いに崇拝していたことを知る。

いざ、ベットインしようとしたとき、女が性的なマイノリティーであることを初めて知り、ショックを受ける。ディル、実は男なのだが、すでに黒人兵士から彼女の秘密を教えられていたと思っていたのだ。二人の仲は険悪となり、いったん別れたが互いに優しさが忘れられない。

そんな時、ＩＲＡ組織に男は見つかり、償いとして、英国政府と深いかかわりのある弁護士殺害の実行役を命じられる。実行日の当日、ディルと一晩を過ごした男は、起き上がろうとしたらベッドに縛り付けられて動けない。ＩＲＡの秘密を一切語らない彼に、ディルはなにか事件が迫っている危険を感じて強硬手段に出たのだ。実行役のファーガスが来ないので、上司に当たる男が無謀な暗殺を企て、失敗して路上で殺される。

現場から逃走した金髪の女は、裏切った元恋人を殺そうと、あらかじめ調べてあったアパートへやって来る。金髪女がピストルを構えるよりも早く、ディルは、ファーガスの衣類から奪ったピストルで、女を打ち殺す。彼にとっては、自分の昔の恋人を女であることを武器に誘惑した卑劣な女なのであり、復讐でもあった。

男は青年のために自首して、罪を全部背負って刑務所に入る。女装した青年と男が親しげに会話する接見室、——そこに、また、冒頭の歌が流れる。

政治的なマイノリティーと性的なマイノリティー（性同一性障害）が重ねられた、セクシーだが、セクシャルでない稀有の純愛映画であり、いつまでも歌詞が脳裏に焼き付いた。もちろん、ファーガスが愛に生きたとして、政治的な信条を放棄したわけではないだろう。

このDVDのアマゾンのコメント欄には、ネタバレしないように書かれていたが、確かに直接見た衝撃は大きい。ストーリーも複雑なわりには解り易いから、コメントの注意書きはもっともだ。だが、ネタバレしても充分に引き付けられるのではないか。おそらく、パーシー・スレッジのソウルフルな哀愁の歌唱力と意味深い歌詞の力だろう。あらすじを読んだだけで「男が女を愛する時」の隠喩を分かってもらえたであろうか。

プラトンの『パイドロス』をたまたま再読していて、この歌の歌詞はパクリではないかと疑うほど、同じ内容が語られていたのには、びっくりしたのを付記しておく。

『東京プリズン』の調理の仕方

この夏、赤坂真理の『東京プリズン』（河出書房新社）を取りつかれたように三度も読んだ。それだけ、再読に耐え得る著作だといえよう。

題名が示しているように、構えが大きい長編小説であって、最終章である大団円を第二次大戦の極東軍事裁判の再現に持ってくるのだから、内容も重厚である。新聞などの書評は、狭い限られた紙面の都合もあって、日本人の戦後体験に焦点を合わせて、繰り広げている。だが、小説を読む醍醐味は、ほとんどそこにはないので、もっとつぶさに読まれ、論じられてよい小説だと思われる。読後、何人かの友人に薦めたが、独特の読み辛さがあるので、注意を喚起したい。

＊

まず、文体は、抽象的でなく、また、思念的でもないので、すんなりと感情に結びついてくる。厄介なのは、頻繁に時系列をさかのぼり、元に戻ったり、あるいは別の時系列に行くという、自在に夢の体裁で想像力を駆使して物語が展開されること。読みなれない読者にとっては、意図がつかめないし、書き手の想像力についていけなくなる、まるで、自由詩の行のように想像力が飛躍するのだ。一面では、この著作は、内面的な意味で詩的と呼んでよいだろう。基本的にリアリズム小説なので、この小説を書いている場所・時点などメモをしながら読み進めることを推奨したい、きっちりと現実の足場を踏まえていることがわかり、単なるファンタジーやＳＦの世界でないことがわかる。

＊

手法の特徴の一つとして、夢を夢として漫然と眺めているのではなく、夢の扉を次々と開いて、想像力の場という布石を打っていき、夢を著者が――それを読む読者を同時に――扉の向こうの世界を想像力でダイナミックに展開させていることである。その手法が際立っている。たとえば、部屋の扉の夢を見るとすれば、半睡の夢見心地の中であえて扉を開いて、手触りで新たな次元を作り出していくのだ。つまり、夢を一つの現実であるとすれば、現実を現在地の立地点から夢を作り替え操作するのである。赤坂真理は、ＳＦの手法を心理的な記述で、捉え直して自分のものとしている。

＊

この小説は、たとえストーリーがあらかじめ分かったとしても鑑賞するのに支障があると思えない。言ってしまえば、東京湾岸・新浦安に住む女流小説家が、十五歳の少女時代にアメリカ留学させられ、模擬極東裁判にさらされるような、様々な葛藤を抱えて帰国して、四十歳を越えた現在、再度、アメリカ体験を問い直して、少女時代の体験を現在時点で作り替える全過程が物語化されている。彼女は端的に書いている。

「過去に戻って加えた改変は、保存される」（二一三頁）

「冬を終わらせなければ、十五歳の私が永遠にその土地に閉じ込められている」（三一五頁）と。

引用の「冬」は模擬裁判が行われた季節である。敗残した裁判をやりなおして勝たないまでも負けないことである。そうでなければ、十五歳の自分を厳冬の異国に放置したままにして、やがては凍え死にさせてしまうという、体験から三十年たった作家赤坂真理の心意気を示している。その作業が、その回答が彼女の描く小説『東京プリズン』なのである。

もしかしたら、最初の引用の方が、重要かもしれない。「過去に戻って加えた改変」、いかにも空想小説じみているが、私たちは日常茶飯事にこれを実行している。いかなる過去もそれを忘れることは、過去をなかったとするのだから改変であろう。また、一つの体験と歴史の意味は長い年月をかけて学ばれ、意識的にせよ、無意識的にせよ、変えられていく。実際、山の手のお嬢さん育ちの少女が想像するほど、読者の多くは、極東裁判や憲法について無知でもないし、占領の屈辱を今も忘れたわけではない。彼女の生まれる前には、敗れたとはいえ、六十年安保という大きな闘争も起こった。

＊

しかし、私たちが体験をなし崩しに改変していることを、赤坂真理は、文芸雑誌に一年数か月にわたって掲載した小説、一冊の著作で、私たちに潜む病理的ともいえる「改変」を意識上にあからさまに摘出したといえよう。おそらく、それは赤坂真理の才能をもってしかできないことであったのだ。たとえば、バブル崩壊で一家離散、そして東京の破壊的な宅地開発、さらに東日本大震災と原発事故がもたらす本質的な意味を、地盤液状化の現場である新浦安から彼女は問いを発している。

＊

それればかりではない。本書は、著者が、夢想家で、巫女のように憑依しやすい感性を抱えた少女から脱皮して、あるいは、それを超克して、物書きとして目覚める一種の教養小説なのだ。単なる霊の詠み手から意識的な表現者である小説家へ。もしその面を読み取らないとしたら、凡百の一篇にしか過ぎないのではないか。

物語の必然性からもっとも遠い「ヴェトナム結合双生児」や「大君」と名付けられた母の幻像そして三島由紀夫『英霊の聲』の呪縛から、最終的に解放され、単に読むことに終始する霊の憑依者からの脱皮と、物書きの前提である私という入り口であり出口でもある通路としての「空白」の獲得を描いているように、私に読み取れた。

彼女のうちに目覚める小人のようなピープルの声は、おとぎ話から成長した、物書きである彼女の内なる読者なのであろう。最終章の東京裁判の表舞台でさえも私の「空白」――おそらく物書きの必須の用具、白紙の原稿用紙のアナロジー――を獲得するため避けて通れない関門であったのだ。

＊

たまたま併読していたニーチェの『悲劇の誕生』の表現を借りれば、巫女の舞台はディオニュソス的陶酔の祭祀の審神者《さにわ》であり、物書きの位置は、その狂乱と陶酔の場から発生したアポロン的なギリシア悲劇の舞台なのだ。

その象徴的な意味は、雪のアメリカに取り残された少女の救出という文学的な課題に端的に表現されているといえよう。十五歳のマリは、祭祀のためであろうと文学のためであろうと、いずれにしろ生贄《いけにえ》なのである。

＊

実は、本書には隠れたテーマが存在する。心理分析は、私の好みではないが、母娘間のアンビバレントな愛憎劇、愛をめぐる葛藤がある。つまり、母殺しの問題が。物語の冒頭において、鹿狩りで親鹿だけでなく誤って子鹿も射殺してしまう。この設定は、最後まで尾を引いている。マリが感じていた母の自分への殺意が、幼いマリの望んでもいないアメリカ留学であったとすれば、子鹿誤射事件の真実は、それが自分の母への殺意の裏返しではないかという疑惑である。ちなみに、射殺した親鹿は、立派な角のある雄鹿のようでいて、母鹿のようでもある。

＊

帰国後、母と同居したマリは危うく母を殺しそうになる。それを忌避する形で別居して母から遠ざかる。そうすると母がいとおしくてならない。母の足跡を訪ねてのケータイを通しての長い対話は、両者の和解であると同時に、彼女の文学への目覚め——ディオニュソス的直接性から遠矢射るアポロン的パースペクティブへの転換——を象徴している。

無意識の次元でさらに言えば、赤坂真理は、愛の葛藤劇を通して、ペニスを象徴とするエクリチュールのペンを受け入れることによって、ワギナをペニスと一体化させ、(エクリチュールの)ペン化することを明晰に自覚している。それが母離れであると同時に、彼女の文学を成立させる条件なのだ。かつてアメリカで目撃した、射殺された鹿は、牝でもあり雄でもあった。

ときには、子を望まない性行為者である自分も母も娼婦ではないかと疑うことも――。いうまでもなく敗戦した母国の現状を踏まえて、勝てないまでも負けない戦略をみずからのエクリチュールの夢に託すのだ。

＊

文学をその本質――生の体験の抹殺と言語化による再生という文学の暗喩――でとらえる赤坂真理のこの著作は、朝日新聞書評欄でいとうせいこう氏が「これは世界文学である」と喝破したのを首肯できた。

本書にエロティシズムを感じないとしたら、赤坂作品の魅力の過半を読み落としたことになろう。

檻の中という枠組みで

DVD「塀の中のジュリアス・シーザー」(パオロ&ヴィットリオ・タヴィアーニ監督・二〇一三)を観た。イタリアの刑務所では、囚人の教育実習として演劇を取り入れているようだ。ローマ郊外の刑務所で、囚人それぞれの応募によって役柄があてがわれる。専門家のアドバイスを得て囚人が所内の片隅で稽古を繰り返えす。やがて所内のホールが発表の舞台となり、囚人たちと一般観客に披露される。

映画は、シェイクスピアの演劇「ジュリアス・シーザー」を演じるまでの過程を克明に、かつ簡潔に描いている。囚人のほとんどが、無期刑を含む長期受刑者で占められ、麻薬密売や殺人など忌まわしい罪状を背負っている。囚人の演ずる珍奇なシェイクスピア劇の映画ではない。役者のそれぞれが自分の役柄を演ずる過程で、自ずとおのれの過去と罪状と対決して、葛藤して苦悩するさまが描かれる。映画には、様々な、工夫があって、たとえば、刑務所の日常と稽古は、モノクロ。稽古ではなく本番のホールで演じられた舞台は、最後のシーンだけ、それはカラーである。終幕後、独房に戻るところはモノクロに戻る。舞台装置らしきものはほとんどなく、衣服や武器なども象徴的なものに過ぎず、簡素なたたずまいは前衛劇そのままである。終始流れているマカロニ・ウェスタン風の物悲しい旋律。この映画を個性的な作品に仕上げたのは、囚人たちの苦悩の姿であるが、そのように追い込んだのは、映画監督の演出であるよりも、なによりも、シェイクスピア劇のせりふの凄さである。語ることによって、演じる本人、語る本人に語りかけてきて、素顔の自分に引き戻されるのだ。映画の最後で、独房に戻った囚人の一人はこうつぶやく。「芸術を知った時から監房が牢獄となった」と。そして静かにコーヒーを自分で淹れて飲む。字幕の文章だから、イタリア語の翻訳として正しいかどうか分からないが、おおよその見当はつく。演ずることによって、自由に目覚めた精神はそれで満足したか、それともいっそう牢獄生活が耐え難くなったか、それは別として。

このイタリア映画だけでは理解できないところがあり、さっそく図書館でシェイクスピアの『ジュリアス・シーザー』（安西徹雄訳・光文社古典新訳文庫）を借りてきて読んだ。

かなり知られているストーリーだが、簡単に記しておく。出典は「プルターク英雄伝」。共和制ローマが帝政に移行する時期である。数々の勝利と業績によってシーザーの人気は頂点に達する。民衆は彼を王に望み、まさに共和政は風前の灯となる。帝政への移行を阻止しようと、頑固な共和主義者は暗殺をたくらむ。首謀者キャシアスはシーザーの親友であり高潔の士として知られるブルータスを仲間に入れる。天変地異の不吉な前兆にも屈せずにシーザーは元老院に赴き、門前で友人たちに囲まれ殺害される。暗殺者の中に信頼するブルータスを見つけた時に発せられた有名な言葉が「ブルータス、お前までが！」（安西徹雄訳）である。ブルータスは民衆に暗殺を正当化して共和制擁護を説くが、血を流すシーザーの遺体を前に、アントニー（シーザーの側近）の弁舌によって形勢は逆転して、民衆は、卑劣な暗殺者を非難して、彼らを追い詰め破滅に追いやる。天下分け目の決戦はギリシアの平原で戦われ、アントニーとオクダビアヌス（シーザーの甥）軍の勝利に帰して、ブルータスやキャシアスたち共和制支持軍は無残に敗北。ブルータスら暗殺首謀者は次々に自害する。

この劇は、深刻な政治劇であって、今日でも民主主義と独裁政治、そして直接の利害に目がくらむ民衆の役割、さらにテロリズムの是非、政治的な贈収賄、その裏に潜む陰謀や情念など、様々な切り口で問題を問いかけてくる。政治劇としてではなく、心理劇としても圧巻であろう。「心が痛む。いかに徳が高かろうと、嫉妬の毒牙をまぬがれることはできぬとはな」（安西徹雄訳・二幕三場）、このセリフは、シーザーに暗殺を警告するアテミドラスの独り言の一部分だが、政治劇の裏の心理を見事に捉えていると言えよう。いや、見方を変えれば、〈心理劇の裏に政治劇〉を対等に想像できる。

敗北の陣中で、愛妻を失ったブルータスとテロの首謀者キャシアスとの猛烈な口論は、刀を抜きかねないすさまじさで、圧倒されるが、映画でも、シーザー役の囚人とディシアス役の囚人との間で日頃の怨恨が顕在化して胸倉をつかむような激しい口論となり上演が危ぶまれる。しかし、台本のストーリー同様に両者和解して事なき得る。映画のCMにもあるように、囚人がシェイクスピア劇を演じることによって、「いま、刑務所はローマ帝国へと変貌する」「脈々と現代に生きる不朽の政治ドラマ」。

私がこの映画に興味を持ったのは、映画や読書などあらゆるエクリチュールにおける作者と鑑賞者との関係である。絶対的な断絶や規則によって、両者が垣根でへだてられている限り理解できないこと。〈エクリチュールという言語ゲーム〉は、テレビ・ゲームと違って、そのネットワークが、上滑りする日常会話の言語ゲームではなく、おのれを中心とする全方位の立方体である。そこでは製作者が鑑賞者に、鑑賞者が製作者につねに入れ替わる、読みつつ書く、書きつつ読む、生命の鼓動のダイナミズムが働いているはずである。

この映画に出演した囚人の二、三は、出獄した後、作家や俳優になったとか。

百鬼夜行図について

幼い頃、戦後の混乱期の下町——本所・東両国である。妖怪展のような催しがあって、数々の妖怪絵巻掛け軸が展示され、その一角に百鬼夜行図が繰り広げられていた。薄い色彩がいかにもはかない筆致で、うらびれた家屋に行燈などあって、庭にはススキや灯籠や廿日ネズミが描かれ、そこから真夜中に通りを三々五々蝟集してきた妖怪——箪笥だとか茶釜、唐笠、雨合羽、急須、畳、竹箒、大八車、筆など古道具が手足を生やして——がぞろぞろと歩いていて、叢の醜怪な虫ども、げじげじ、ムカデ、ヤスデ、ダンゴ虫、おけら、壊れた瀬戸物などまで、おのれから発するような、ぼうっとした明りの中を練り歩いている。玩具のようにちっぽけな牛頭馬頭《ごずめず》を先頭にして。

水木しげるの妖怪のように、確かに怖いというよりも滑稽には違いない。妙に寂しい雰囲気があって、脳裏に焼きついていた。後年、内田百閒の「冥途」を読んだときに呼びさまされた感覚と言えようか。この百鬼夜行図の恐ろしさは、実際には描かれていない膨大な闇の広がりとひしひしのしかかる重みに依存しているのではないか。今日のように、夜でさえも明るい都会で、百鬼は、恐ろしさが、戯画的な滑稽に転嫁してしまって、それが常態として私たちに感じられるのではないか。

闇を背負った事物は、普通の人間でさえも妖怪に見せかねない。梶井基次郎の短編に「闇の絵巻」という名作がある。その一節、梶井の療養地、伊豆山中の街道での体験である。闇の中、一軒の人家のところだけが明るい。

「ある夜のこと、私は私の前を私と同じように提灯なしで歩いてゆく一人の男があるのに気がついた。それは突然その家の明るみのなかへ姿を現わしたのだった。男は明るみを背にしてだんだん闇のなかへはいって行ってしまった。私はそれを一種異様な感動を持って眺めていた。それは、あらわに云って見れば、「自分もしばらくすればあの男のように闇のなかへ消えてゆくのだ。誰かがここに立って見ていればやはりあんな風に消えてゆくであろう」という感動なのであったが、消えてゆく男の姿はそんなにも感情的であった。」

梶井は結核の療養でこの地にやってきたのだから、「消えていく男の姿」は言うまでもなく、死病を抱えた自分の運命を重ねている。彼の記述の特徴は、存在論的な視線、あえて言えば、弁証法的な透徹した視線と新鮮な抒情的感性のバランスであろう。いささかも、幽霊じみた感性を描いたものではない。

だが、「一種異様な感動」という言葉は、そうした分析的な解釈をはみ出しているように思われる。分厚い闇にすっぽりと覆われ、襲いくるものと事物が直接対峙した時、事物そのものが発する光芒が、妖怪じみた輪郭を描くのだ。明るみの中へ姿を現わした男は、人間的な形象であろうと、やはり「一種異様な」妖怪と同じなのではなかろうか。

しかし、使い古した古道具や叢の虫どもと一体なにが共通項なのであろうか。おそらく、百鬼夜行の正体は、滅んでしまった幽霊ではなく、人知れず滅び行くものではなかろうか。そう考えると、大宇宙の中で、あるかなきかのほんの片隅に地球と自称する惑星があって人類という、古道具や虫けら同然の百鬼夜行が蠢いていると見えやしないか。

さて、滑稽である、これがなかなかの曲者で本質がつかめない、ベルクソンの『笑い』という名著もあるが、肝心な観点を失っており、満足できないでいる。とりあえず、感性の永遠を生きるのが滑稽の本質と言っておこう。子供ほど大人は笑わない。大人は人によってはまったく笑わない。笑う門には福来るとか、笑いは百薬の長とか、歓迎されて、笑いを悪く言う人は少ない。小学校のクラスには必ず道化役が一人いて、みんなでもてはやす。便乗して囃す方には悪意をなしとしないが。子供の笑いは、自然なものである、なにか生命力の充溢と関係がありそうだ。

小学校時代の私は、卒業式など晴れの式典でどうしても笑いがこらえられなくて困ったものだ。厳粛な畏まった儀式には、どこか笑いを醸し出す、滑稽な要素がある。批判というよりも、もっと生理的に正当なものがある。ジョルジュ・バタイユは適切にもこんな風に書いている。「滑稽なものとは他人たちのことだ――無数の他者たちのことだ。そのまんなかに私もいる。不可避的に、海の中の一つの波のようなにして」（出口裕弘訳『内的体験』現代思潮社一五九頁）と。笑いは、また、伝染性を持っていて、一人が笑えば続けて笑うものがいて、場合によっては、とめどのない爆笑に至る。笑いは揶揄も秘めていて、笑殺とか笑止とかの言葉があるように、チャップリン的な武器にもなる。笑いがいじめになる場合もあるのは、言うまでもない。生理的で臨場的で瞬間的な生命的なものの開示解放であろう。逆説的には、儀式は、滑稽さを抑止するところで威力を発揮できるのかもしれない。滑稽さに転嫁できない儀式は、儀式の名に値しないのかもしれない。

星屑も見えない漆黒の闇が正体不明の膨大な獣のようにのど元を締め上げる恐怖を生きる庶民の無意識が、あれら滑稽な有象無象の行列を焙り出したのか。百鬼夜行は庶民のつつましい似姿かも。滑稽の彼方の寂しさがそれを物語っている。文学も例外ではない、文字を連ねた百鬼夜行の行列である。いや、顧みられないものの潜む領域こそ、文学の本分なのかもしれない。

カフカの『変身』を観よ！　諧謔を理解しない三人の俗物の間借り人は、妹グレーテのバイオリンに聞き惚れる毒虫グレゴールの出現に驚嘆してささやかな室内バイオリン演奏会を、すっかり台無しにしたのではなかったか。

この短文を書いている時点で朝日新聞の夕刊に「香具師の芸をたどって」というエッセイが連載されている。かつて私たちの幼い日を影絵のように通過して行った人々、縁日や祭りを彩った香具師の滅び行く群像を描いている。化け物屋敷・見世物小屋——かつては身心の障害を持つ者の働き場でもあった——の興行師の話。火事場の万年筆売り——万年筆工場が焼失して失業したと泣きを入れて売る——や糝粉《しんこ》細工師や少年雑誌の付録売り等々。連載二回目は、飴細工師のコメントに「今までで一番うれしかったのは〈おじさん、クモつくって。お空の雲〉と言われたこと」とある。まるでボードレールの散文詩そのままではないか。

貴婦人と一角獣

リルケの『マルテの手記』（一九一〇）は、第一部と第二部に分かれている。その繋ぎ目のような役割を果たしているのが、通称「貴婦人と一角獣」と呼ばれている巨大な六枚のタピスリー（綴れ織りの壁掛け）である。第一部の最終部分の記述である。

「ここにつづれ織りがある。アベローネ、有名な壁掛のゴブランだ。僕はおまえがここにいるのだと想像しよう。六枚のゴブランだ。さあ、これからいっしょに一つ一つゆっくり見てゆこう。初めは少し退って、一度に全体を見るがよい。しんと非常に静かな感じだね。ほとんど変化らしいなんの変化もない。目立たぬ紅色の地は、いっぱいに草花が咲き乱れて、小さな動物が思い思いの格好でちらばっている。そこからほのかに楕円形の藍色の島が浮かび出ているのは、六枚ともみんな同じだ。ただ向こうの端の、最後の一枚だけ、その島が少し軽くなったように、ほんのちょっと浮いている。島の中には決まって一人の女が見える。着衣は変わっているが、みんな同じ女に違いない。」（大山定一訳『マルテの手記』第一部一五四頁）

訳注によれば、マルテはパリのクリュニー博物館の一室にひとりたたずんで、六枚のタピスリーを眺めながら、愛するアベローネに語りかけるように書いている。

＊

その本物の「貴婦人と一角獣」のすべてが、二〇一三年四月から七月にかけて東京・六本木の国立新美術館で公開されたのである。美術館ホームページの展覧会概要には次のようにある。

「フランス国立クリュニー博物館の至宝《貴婦人と一角獣》は、西暦一五〇〇年頃の制作とされる六面の連作タピスリーです。十九世紀の作家プロスペル・メリメやジョルジュ・サンドが言及したことで、一躍有名になりました。千花文様（ミルフルール）が目にも鮮やかな大作のうち五面は、「触覚」「味覚」「嗅覚」「聴覚」「視覚」と人間の五感を表していますが、残る一面「我が唯一の望み」がなにを意味するかについては、愛・知性・結婚など諸説あり、いまだ謎に包まれています。本作がフランス国外に貸し出されたのは過去にただ一度だけ、一九七四年のことで、アメリカのメトロポリタン美術館でした。本展は、この中世ヨーロッパ美術の最高傑作の誉れの高い《貴婦人と一角獣》連作の六面すべてを日本で初めて公開するもので――」

驚かされるのは、その大きさである。六面だけで、広い会場の壁がぐるりと一回りするほどで、リルケがまず遠くからすべてを見渡すべきだと書いた意味がおのずと了解できる。そして暗くしてあるライトのせいもあるが、何世紀も経たとはとても思えない彩の華やかさである。素人の私にとって不可解であったのは、いったいこのように巨大な織物をどのように織って仕上げたのかということだ。リルケの記述は、「概要」にあるような概念的な説明をしているわけではなく、忠実に、画面を描写しているに過ぎない。だが、第一部の終わりに上述のような文章があって、しかも第二部の始めが、まだ、その場にたたずんでいるかのように、冒頭は、次のように始まる。

「これは「女と一角獣」の壁掛と呼ばれたゴブラン織りである。しかし、これも今はブウサックの城から持ち出されてしまった。すべてのものが由緒ある家から持ち出される悲惨な時代なのだ。古い家はもう何一つ保存していることができない。今では信頼よりも危険が真実になってしまったのだ。」(同書第二部一六〇頁)

＊

マルテは、六面のタピスリーを注文し所有した領主の城から持ち出されて、数奇な運命にもてあそばれ、美術館の壁に飾り付けられ、庶民の娘が眺めてスケッチしている現代までの、忍従の女たちの苦難の心の歴史と真実をそれら六面の美しい壁掛けから読み取るのである。ちなみに、六面の最後のタピスリーは、ほかの五感の象徴のタピスリーの謎解きのように、ただ一つそこだけ古風な天幕が設けられ、その入り口には、展覧会概要にあるように「我が唯一の望み」と銘が付されているのだが、翻訳の『手記』では「我がいとしき一人のひとに」と訳されている。この相違はどこから来るのか？　単なる原文の訳し違いなのであろうか。詩人による解き明かしの長大な文章の引用は避けて、結論だけを記しておこう。

「僕たちはすべてのディレッタントと同じく、軽はずみな享受によってそこなわれているのだ。ただ名まえだけがひとかどの者として通っても、なんにもならぬ。僕たちは一度僕たちのかち得た地位を捨ててしまったらどうだろう。いつも受身にばかり立っていた「愛」の仕事を、本当の最初から自分の手で始めたらどうだろう。何もかも変わってしまう時代なのだから、まず振出しまで戻ってずぶの一年生から始めるのだ。」（同書一六六頁）

＊

ここでマルテが言っている作業は、自分が理解している位置をさらに深めること、学者的な知識に偏重した消極的な享受の姿勢を乗り越えて、そこから転換して、積極的な把握に至る情熱を見出すことなのだ。ディレッタントは、辞書的には好事家であるが、目利きといわれる専門家と解した方が良いのではないか。詩人の目を持つマルテのイマジネーションは、それを超えるのである。

具体的には、「貴婦人と一角獣」という、巨大なタピスリーを仕上げるための、工房での原案者の素描から始めて、基本的な作業である織り手たちの一刺し一刺しの気の遠くなるような膨大な労働量、それを支える女性たちの血と汗そして悲惨な生活や病などを経て、あまたの工夫と情熱、貴族の偏執的な欲望と搾取した富も作用したであろう、それでも六面の織物を作り上げるという途方もない能動的な巨大な造形の総体をマルテは観ている。幾世紀を通して階級を問わず鑑賞した人々の個性と境遇を超えて一つの平板な忍従の表現へと落ち着き定着した心の過程を読み取る作業でもある。

五感に関する概念的な読み取りを無視するわけではないが、それを遥かに超えている、もはや、天幕に掲げられた銘の些細な解釈の相違は、どうでも良い、愛の真実の歴史を透視しているのだから。それは悦びよりも、むしろある種の悲しみなのかも。リルケのもくろみは、華麗な織物という感覚の檻を解きほぐして元の虚無という孤独をさらけ出すことなのかも知れない。

＊

タピスリーは『手記』の第一部と第二部を壁掛けで区切る仕切りであるが、両者が濃密に結びついているリルケのエクリチュールの象徴として描かれたのであろう。なお、一角獣つまりユニコーンは、タピスリー注文主である領主の家紋――ライオンとユニコーンが向き合っている図――の右側に描かれているのだが、一般的にはマリアの神聖受胎の「精霊」の象徴として描かれる。一方でユニコーンを捕らえられるのは、処女だけという、マリア伝説を彷彿させる伝承がある。貴婦人は未婚であろうから処女の象徴とすれば、ペンと白紙のアナロジーにも解することができて「貴婦人と一角獣」は、エクリチュールの象徴であり、いかにもリルケの好みそうな図柄と言えそうだ。

鹿のような姿の獣の、二本の角の代わりに、眉間の真ん中にすくと伸びた一本の槍のような角は、エロチックな解釈も可能なのは言うまでもない。

タナトスの時代

二〇一四年七月、佐世保で高1の女子高生が自室に連れ込んだ同級生の友人を残虐な手段で、殺害するというショッキングな事件が起きた。それも周到に準備された計画的な犯行であったと言う。複雑な家庭環境に問題があるとか、あるいは、被害者少女への怨恨ではなく、殺害自体が目的であったように報道されている。事件の詳細な内容について、私の興味を惹くものは、これ以上ほとんどない。この少女の幼年期における言語習得期に、なにか問題が潜んでいると感じるのは、私だけではないだろう。物質として人間の肉体と言語として人間の同一性は、精神分析ではオィデプス期と呼ばれる、幼年期の言語取得段階において、習得される。この加害者の少女の場合、言葉と物質が、感覚の上で乖離されたままなのではないか。言葉の形式上の理解力とほとんどかかわりはない。かえって言葉が独り歩きする部分で、言語習得が、他人より優れている場合も想定できる。もし、物質との関係性が、単純な符号で片づけられる他者であるとしたら、それと戯れるか、破壊するかであろう。対象が生き物であるとすれば殺害に至る。戯れは、殺害前のオードブルの様なものであって、戯れだけで留まることはない。人間の遊戯においてさえも、ゲームは決着のために営まれる。

幼児期における言葉の習得は、端的に言えば、言葉で殺して現実に生かしておくことを、習得することにほかならない。「ママ」という言葉ひとつにしても、この言葉によって、それまで自己と明確に区別できない、輪郭の模糊とした膨大な圧倒的な存在であったものを「ママ」と名付けて呼ぶことによって、自分の行為に反応してくれる他者へと変容させる。膨大なものを殺害して、限定的なものへと再生させる。もちろん、利益ばかりでなく、おそらく失うものも大きい。あらゆる言語表現は、殺害することと同時に再生させる、二重の錯綜した行為である。

梶井基次郎の習作に「鼠」という作品がある。子猫が子ネズミと戯れているのを目撃した梶井の観察が綴られている。全篇を引用する余裕がないので、冒頭と結末を掲げる。

「俺が戯れに遁してやった鼠よ。可愛い鼠よ。貴様はほんとうに可愛らしかった。若い肥えた身体、それから茶色の毛。溝の鼠の毛なら靴ふきの毛のようにきたないのにお前の毛は一本一本磨いたようだった。清潔だった。そして貴様は十七の娘のような身体をしていたのだった。お前の鼻の先と趾《あし》の赤いのはほんとうに見事だった。お前の鼻の先は冷いやりとしていい気持だろうな。お前の趾で俺の顔をめちゃめちゃに踏んづけたらさぞ気持ちがいいことだろう」「俺が戯れに遁してやった鼠よ。あんなに見えていてもお前は本当に怖ろしかったんだろうね。そしてあいつの牙は鋭く、爪は趾爪のように曲がってお前の身体を引かけたんだろう。」

梶井の文章は子ネズミに感情移入して、その恐怖ばかりでなく、戯れる子猫のサディスティクな快楽を描いている。差し迫った子ネズミの死の先には、梶井自身の死の意識が垣間見える。梶井は、それと矛盾するかのように、無垢な生き物である子ネズミへのエロス的な嗜好を描き、無垢なるものをいたぶり凌辱することによって、現実での殺害を回避するというエクリチュールの本質に迫っている。だが、「俺が戯れに遁してやった」とある通り、書き手である梶井は、定められた虐殺の運命から、実際行為として助け出してあげたとしているのだから、ここでの描写は中止半端であり、エクリチュールに徹するならば、惨たらしい子ネズミの死を克明に描かねばならなかったのだ。たとえ、実際には、ここに描かれた通り救出したとしても。子ネズミの無垢と凌辱のエロティシズムを描くのが目的であったとすれば。おそらく、この習作が習作に留まった要因の一つであろう。冒頭の一行の出だしを梶井は間違えたのだ。

佐世保の残虐な殺害事件は、加害者は、被害者に対して、こうしたエロス的、あるいはサディステックな快楽に走って犯行に及んだのではない。もっと殺伐とした、言語表現から見放された時点での、むき出しの行為であろう。しかし、言語表現から見放された人間の行為は、確かに野蛮には違いないが、動物の本能的な行為と違って、病理的なものに違いない。「文化とは、人類を舞台にした、エロスと死との間の、生の欲動と死の欲動の間の戦いなのだ」（浜川祥子訳「文化への不満」）と書いた晩年のフロイトの学説にてらして考えるならば、個人の病理を超えて、現代社会そのものが病理的な範疇に突入したのではなかろうか。地域社会の崩壊・核家族化・インターネット的な架空社会は、家族関係に余分な負荷を掛けて、幼年期の正常な言語習得を困難にしているのではないか。この殺害事件は、反エクリチュールという意味で、無意識の死の欲動に導かれたタナトスの時代の到来という本質を露呈しているのでは。希望があるとすれば、そうした時代を少しでも遅らせることが可能か、どうか、私は一世紀近く前のフロイトと同様に絶望的になってしまうのだ。フロイトは、死の欲動（タナトス）は、生の欲動（エロス）とともに働き、単独で作用することはないとも語っているが、現代は破壊のための破壊というタナトスの時代を予感させはしないか。テロリズムと戦う側にも、しっかりとそれが根付いているという現実。

DVD「ハンナ・アーレント」を観る

帰宅を急ぐ男が、後方からやってきた、ライトを付けた自動車の屈強な男たちに無理やりに拉致される情景から始まる。連れ去られた小柄な男は、元ナチの将校アイヒマンであり、拉致したのはイスラエルの秘密組織モサドの兵士である。場所は南米アルゼンチン。アイヒマンは、ユダヤ人絶滅のための輸送計画の責任者であり、六百万人もの犠牲者を収容所へ送ったとされる。超法規的な処置によってイスラエルに連行されて、一九六一年裁判に付される。アイヒマンはこの裁判の陳述で、上からの命令を忠実に実行したに過ぎないと繰り返す。一言も、ナチスを賛美したりしない。一人の有能な職業人として職務を忠実に果たしたに過ぎない。自分は直接手を下していない。責任は命令を下したヒットラーにある。「あのときはああするしかなかった」と。彼が犯した悪は、最も凡庸な人間の悪なのだ。裁判公開の意図は、ナチス親衛隊中佐アイヒマンの人道に対する罪を白日の下にさらすことであったが、その思惑は完全に外れた。多くの傍聴人、そしてナチスを憎む世界中の人々はアイヒマンに偏見に満ちた狂信的で狂暴なナチ的な性格と容貌を期待したのである。著名な女流哲学者ハンナ・アーレントは、亡命先のアメリカでアイヒマン事件を知って、自らすすんで傍聴を望み、イスラエルに旅立つ。彼女から送られてくるレポートは、期待されたアイヒマン糾弾ではなく、裁判の異常性とアイヒマンを裁く側にもアイヒマンと共通する罪があることを暴く内容であったのだ。アーレントの記事は、状況として無謀なものであった。アメリカには、彼女と同様の亡命ユダヤ人で満ち溢れていて、親イスラエル一色であったから。多くの親族をガス竈で虐殺されたユダヤ人の心情を逆なでするものであった。事実、彼女は多くの友人を失う。後半、アイデンティティを民族や国家に求めず個々の友情に求めた思想家ハンナ・アーレントの誠実と孤独がくっきりと描かれている。それは晩年のルソーや詩人ヘルダーリンの孤独と同質だろう。アーレントもルソーもコスモポリタニズムを選んだというよりも、みずからの思想への誠実からそこへと追い詰められたのだ。

ハンナ・アーレントの人となりを簡単に記しておく。彼女は、二十世紀最大の思想家と呼ばれるハイデッガーの弟子であり、若い頃の愛人であった。映画でも、出会いと恋愛が背景として簡単に描かれている。ハイデッガーとナチスとの関係は、第二次大戦終結の直後から今日まで様々な憶測と批判の対象とされている。少なくとも、当初、ナチスに好意的であったのは否めない。大戦後、アメリカにいるハンナと敗戦国西ドイツのハイデッガーの間で、手紙のやり取りがあって、今日、書簡集として読むことができる。師弟という間柄であり、儀礼的事務的なものや哲学的なものが多く、直接、ハイデッガーの戦争責任について触れる手紙は見当たらない。だが、彼女が戦後のハイデッガーに対して、ヤスパースとの書簡で分かるように、極めて厳しい評価を下していたことは間違いない。彼は最後まで、ナチスとの関係を弁明することなく一九七六年に死去する。(ちなみにハンナの死はその前年)。私には高名の哲学者ハイデッガーと一介の実務者風のアイヒマンの姿が重なって見えるのだ。哲学者にふさわしからぬ「あのときはああするしかなかった」と。

ハンナ・アーレントの業績の一つは、従来の労働観――労働価値説など――と結びついた「社会」という手垢の付いた概念を避けて、「公的領域」と「私的領域」を峻別すること。古代アテナイのポリス社会をモデルに、政治的な討論の風土の醸成にある。現代社会は、高度なテクノロジー化によって、政治的決定と家族生活との間に、本来、自由な「公共性」の場――古代ギリシアのアゴラのような――があるべきなのに、官僚組織や企業への画一的な帰属意識が介在しており、一種の治外法権が成立する。組織や会社では命令を実直に合理的に実行するのが唯一の美徳とされる。日本でいう企業社会では、労働組合が弱体化しており、欧米よりもいっそう議論の気風はなく、企業からの命令が幅を利かし大勢になびく順応主義的ファシズム的風土に留意したい。

最近、広島に原爆を投下したエノラ・ゲイ(改良型B29)搭乗員の最後の一人が死んだと報道されたが、彼は命令によって作戦参加したのであり、トルーマンと同罪にするのは無理なのだ。ヒットラーの命令を実行したアイヒマンと変わらない。日本が戦勝国であったら、アイヒマン同様に彼は絞首刑に処せられたかもしれない。考えてみれば、当時のドイツ国民ばかりでなく、日本人の多くが、程度の差こそあれ、アイヒマンであったと言えよう。自由な開かれた種々の場が成立しない社会で、積極的な戦争支持者は別として、平凡な個人に戦争責任を押し付け断罪するのは、無謀なのではないか。問題は、欺瞞的な選挙制度のほかに、自由な政治的グループやアゴラ的公共性の場が現実的に可能なのであろうか。実際は、プルターク英雄伝などを読むと、古代アテナイ自体が、扇動家によって内部崩壊し衰退の一途をたどった。アーレントの『人間の条件』（一九五八）は冷戦後のポスト・イデオロギー時代を新たな視点で見直す契機を含んでいると感じられた。

今日、現代社会の根幹を位置している「労働」は、その生産性ゆえに、実情がどうあれ、あがめられている。古代アテナイに当て嵌めれば、「労働」は奴隷の仕事であって、まともな「仕事」と見なされない。したがって「労働」は習慣的なものに過ぎず、その場で消費されて生産性を認めない。彼女の区分に従えば、「公的領域」ではなく、家事労働のように「私的領域」に属している。奴隷は、私的に処罰されても市民でない彼らは「公的領域」で罰せられることはない。長い時代を経て、キリスト教などの影響、そして産業革命以降、工場労働など単調な反復運動の生産性が、「労働」の概念を顕在化させた。マルクスは、労働者階級の貧困の解消のために、「労働」の意義を自尊心にまで最高度に高めた。しかし、彼は階級闘争勝利後のユートピアに未来の目標を据えて、もちろん階級闘争も重要だが、生産性の向上によって達成されるとした。アーレントによれば、「労働」の概念に手をつけずに、取得した余暇は決して精神と文化の向上へは向かわずに、労働と消費を反復する「労働する動物」である欲望の奴隷状態にとどまるとする。アイヒマン問題は、一見アーレントの思想と直接関係ないように見える。アイヒマンはナチス体制の公僕であり奴隷に過ぎない。ある意味で「私的領域」の問題であって「公的領域」で公平に裁けないという思想は、彼女が自分の思想に一貫して忠実であったことがわかる。とはいえ、彼女がアイヒマンを無罪放免すべきだとしたわけではもちろんない。そのまま、古代アテナイの体制を現代に持ち込もうとしているのでもない。アーレントは、現代の「労働」と「消費」という社会的な概念で、人間の価値を決めること自体に異議を唱えている。古代アテナイの政治体制をモデルに、「労働」という専制的な概念を相対化させ、現代社会の閉塞に風穴を開けようとする。アイヒマンが、裁判の場で自分の真実を語らねばならなかったように、ハイデッガーも、ナチスとの関係を、哲学者として誠実に語るべきではなかったか。それを怠ったハイデッガーの拭いようのない汚点であろう。若い頃から、彼の著書に親しんだ者として残念でならない。

個人的なことだが、アーレントの『人間の条件』を一読した段階で、悪魔祓い的な発想の転換、詩的叡智と独創性に驚嘆している。「多数性という人間の条件」への彼女の根源的洞察が、エクリチュールと現象学の原理的孤立を乗り超える要素を秘めている。

彼女の思想を要約すれば、エクリチュールの用紙である紙は、実務者にありがちな錯覚に過ぎず、自由な人々の公開の場——ネットワーク——のアナロジーであることをアーレントは示唆している。それはインターネットと原子力災害・地球温暖化・テロリズムの脅威そして経済のグローバル化など現代的な課題を射程に入れた、もっとも今日的な哲学思想と思われた。

参考文献など

DVD「ハンナ・アーレント」(マルガレーテ・フォン・トロッタ監督二〇一四年八月発売)。久保紀生『ハンナ・アーレント』(北樹出版)。ハンナ・アーレント『人間の条件』(志水速雄訳・ちくま学芸文庫)。

懲りないピノッキオ

幼い頃、読んだ数々の物語の中で、なぜかピノキオの冒険が頭にこびりついている。よく知られているように、木で作られた操り人形が人間の少年として育てられ、育ての親の爺さんを、散々にてこずらせ、木の心臓の悲しさ、悪の誘惑に弱くて、改心したかと思うとすぐ、悪さをしでかす。

最後は爺さんの真摯な愛情に目覚めて、本当の人間の少年になるという教訓話である。

「盗んではいけない」「嘘をついてはいけない」「働かずに金を得るのはいけない」「学校に行って勉強しなければいけない」等々。将来、大人になる少年が教え込まれ守らねばならない様々な禁則があるが、どれをとっても、純真な少年にとって、守るのに厳しい約束である。他人のものと自分のものをなぜ区別しなければならないのか。自分が欲しい物を得るのに、言葉を利用して手に入れては、なぜいけないのか。働かずに得られるのこそ、喜びなのに、なぜつらい労働をしなければならないのか。友達や知識を得るのになぜ強制的な集団生活を強いられるのか。欲望に忠実であることが、すべてエゴイズムとして糾弾されなければならないのか。とても当たり前とは思えない。それが幼いピノッキオの論理である。

子供にとって教訓話よりも、この論理の方が正当なのだ。確かに、ムーミンの物語のようにほのぼのとした童話も良いが、実際の子供たちの感情生活は、のんびりした健康なものではなく、誘惑に充ちた葛藤の世界なのだ。ピノッキオ自身、こんなことを言っている。「生まれてからずっと、ぼくはたった十五分さえ平和で暮らせたためしがないんだ」（一七八頁）と。カルロ・コッローディの『新訳・ピノッキオの冒険』（大岡玲訳・角川文庫）を今回通読してみて、解ったのは、愛情に目覚める教訓話ではなく、幼い私の心を惹きつけたのは、ピノッキオの夢と欲望の物語であることだ。

数々の冒険譚から、その一つ、金のなる木の話を取り上げてみよう。思いがけない大金を手に入れたピノッキオは、父親代わりの貧乏なジェッペット爺さんを喜ばせてあげようと、意気揚々と帰宅を急ぐ。そこで、うらぶれた悪党の詐欺師である、狐と猫に出くわす。爺さんを喜ばせたいなら、《不思議の原っぱ》に金貨を埋めれば、たちまち金貨のなる木が生えて、埋めた金貨の何十倍もの金貨の実がなると言われて、有頂天になる。後で掘り返したら狐と猫の詐欺師にまんまと盗み取られて空っぽ。挙句は、悪党に金貨を盗まれたと裁判所に訴えれば、逆に牢屋に四か月間もぶち込まれる始末。

たわいのない話のようだが、善意が利用されたり、欲にくらんで旨い話に飛びついて大損をするというのは、大人も子供も引っ掛かる、むかしも今も相場が決まっている。おれおれ詐欺も、投資詐欺も、ピノッキオが引っ掛かった金の成る木の話と五十歩百歩だろう。考えてみれば、子供や惚けた老人の善意も貪欲も際限がない。それ自体、褒められても、決して非難すべき性格ではない。むしろ、騙されないのは、猜疑心や狡猾さであって、あまり賞賛すべきものではない。善悪を問うなら、ずるがしこい悪党や世知辛い社会が悪いのだ。

もう一つの有名な挿話を端折って紹介しよう。これはかなり手の込んだ悪辣な話で、怠け者の親友であるランプの芯という字《あざな》の少年に誘われて、「オモチャの国」へ行く話である。つらい仕事や大嫌いな勉強もしないで毎日お祭り騒ぎで愉しんでいたい、そんな理想は、子供ばかりか大人の夢でもある。まして子供のピノッキオが、怠け者少年の誘惑に乗らないはずはない。なんと五か月間も、ピノッキオとランプの芯は、朝から晩まで遊びまくる。（一方、爺さんはピノッキオを探しに、海岸にやってきて、ピノッキオはてっきり渡航したと思い込む）。

ある朝、とんでもないことが起きる。初めは耳が伸びてきたのを皮切りに体が変化して二人は子供のロバになってしまう。子供たちを馬車で「オモチャの国」へ連れてきた御者が現われ、ランプの芯のロバは農家に買い取られ、ロバのピノッキオは、サーカス団へ売られてしまう。サーカス団で散々痛めつけられ、怪我をしたら、悪党の業者に売り飛ばされて、海で溺れさせられて太鼓の革にされる運命となる。ところが、魚がよってたかってロバに食いついたものだから、骨の部分の、元の操り人形のピノッキオに戻る。海を泳いで逃げ切ったと思ったら、呑みこまれた巨大な鮫の腹の中で育ての親のジェッペット爺さんと再会を果たす。鮫の腹からなんとか脱出して、ともども、陸地に上がったが、爺さんは病気で寝たきり、ピノッキオは農家で重労働をしてお金を稼ぐ。たまたま、飼っていたロバが死にそうなので、その代りに雇われたのだ。なんと瀕死のロバは親友のランプの芯で、まもなく息を引き取る。ピノッキオの働きは目覚ましく、とうとう本当の人間になるというのが話の終わりである。いやはや、なんとも凄まじい話なのだ。要は、怠け者や嘘つきは、罰せられるという教訓話のはずなのだが、なにか別のリアリティが見えてくる。

ピノッキオが人間となるきっかけとなった最後の重労働というのは、井戸の周りをロバのように回って木製の回転機械で一日にバケツ百杯の水を汲み上げて、畑に撒くという過酷な作業である。

この部分の記述にたどり着いたとき、読者である私は、はっとハンナ・アーレントの文章が次々と思い浮かんだ。

「労働にたいする軽蔑は、もともと、必然〔必要〕から自由になるための猛烈な努力から生まれたものであり、痕跡も、記念碑も、記憶に値する偉大な作品も、なにも残さないような骨折り仕事にはとても堪えられないという労働にたいする嫌悪感から生まれたものである。この労働にたいする軽蔑は、市民がポリスの生活にますます多くの時間をとられるようになり、政治的なものを除いてすべての活動力を自制して、余暇を持たざるをえなくなるにつれて広がった。そしてついに、この軽蔑は骨折り仕事を必要とする一切のものを対象とするようになった。」（『人間の条件』ちくま学芸文庫・一三六頁）「古代において労働と仕事が軽蔑されたのは奴隷だけがそれにたずさわっていたためであるという意見は、近代歴史家の偏見である。古代人は逆に考え、生命を維持するための必要物に奉仕するすべての職業が奴隷的性格を持つから、奴隷を所有しなければならないと考えていたのである。奴隷制度が擁護され正当化されたのは、まさにこのような根拠からであった。労働することとは必然〔必要〕によって奴隷化されることであり、この奴隷化は人間生活の条件に固有のものであった。人間は生命の必要物によって支配されている。だからこそ、必然〔必要〕に屈せざるをえなかった奴隷を支配することによってのみ自由を得ることができたのであった。奴隷への転落は運命の一撃によるものであったが、その運命は死よりも悪かった。なぜなら、それとともに人間はなにか家畜に似たものに変貌するからである。」「後になると事情は変わるけれども、古代の奴隷制は、安い労働を手に入れるための仕組みでもなければ、利潤を搾取する道具でもなく、実に人間生活の条件から労働を取り除こうとする試みであった。人間がさまざまな形態の動物生活と共有しているものは、人間的なものとは考えられなかった。」（同書・一三七頁）

若干、注釈が必要かもしれない。アーレントの分析は、奴隷制一般というよりも、史上まれにみる高度な文明を築いた古代ギリシアのポリス（都市国家）を例にとっていることを忘れてはならない。「必然〔必要〕」とは、主として得たものを消費して生命を維持し生殖するという動物的なぎりぎりの生存を意味している。この場合、奴隷は主として戦いに敗北して死すべき運命の敵から得られる。運命の一撃とは、敗北者への転落を意味している。論点はさまざまあるが、ピノッキオの物語が示しているように、労働の価値への近代・現代の一方的な偏向がまず挙げられよう、働かざる者食うべからずという。アーレントの論考は、そうした「労働」という絶対的な概念を、突き崩して一つの歴史的な見方に過ぎないことを示唆している。実際、労働生産性が途方もなく向上した場合、機械的に働くことしかできない人間は、一体どうなるのか。それは将来の問題だとして済ませられるのか。現実に、先進国と称する国においては、余暇を持て余して、価値ある生活をみずから放棄して、怠惰な時間を過ごす者も少なくはない。

ひき比べて、ピノッキオは、怠け者とはいえ、心優しく、人一倍勇敢で、活力に満ちた少年なのだ。見方を変えれば、ピノッキオの生活こそ、人間にふさわしいのであって、普通の大人は、保身に汲々とした奴隷のような生活を送っているのではないか。ピノッキオへの惨たらしい仕打ちは、彼の活力への羨望から来るところの嫉妬を組織化したものではないのか。そんな疑問が次々と湧いてくる。

たしか、太宰治の『人間失格』にはこんなセリフがあったと記憶している。「めしを食べなければ死ぬ、という言葉は、自分の耳には、ただイヤなおどしとしか聞こえませんでした」と。太宰はピノッキオを深く理解していたに違いない。

しかし何と言っても、感動的なのは、ピノッキオが巨大鮫の腹の中で、ジェッペット爺さんと再会する場面だろう。

「ずんずん前に進んでいくと、あかりはどんどん強くなり、はっきりしてくる。歩いて歩いて、ついにあかりにたどりついた。そこでピノッキオが見たものは……。とても信じられない光景だった。食事のしたくがととのったテーブルがひとつあって、その上では緑のガラスびんにさし込まれたろうそくが、炎をあげている。テーブルにむかって、ひとりの老人がすわっていた。髪の毛も、ひげも、泡立てたクリームみたいに真っ白だ。生きた小魚を食べようと、悪戦苦闘している。」「そのありさまを見たピノッキオは、あまりに思いがけない、そしてとてつもないうれしさで、すっかりとりみだしてしまった。」（『新訳・ピノッキオの冒険』二七〇頁）

ピノッキオの育ての親のジェッペット爺さんこそ、作者のコッローディであり、鮫の腹の中は、『ピノッキオの冒険』を執筆中の書斎でもある。さしずめ作者を探し当てたピノッキオは、物語を生み出した執筆のペンの象徴の場である。ピノッキオの労をねぎらうコッローディ、生命を与えてくれた作者に感謝するピノッキオ。大人が童話を読むからには、これくらいの飛躍した解釈は許されよう。後は、ピノッキオの逞しい肩に掴まって、書斎である鮫の口から脱出して広大な海を泳ぎ切って岸にたどり着くことだけが残されている……。

湖の騎士と言語学

(1)

ソシュールの言語学理論で、私が関心を持っているのは、ラングとパロールの関係性である。とりあえず、音声的表現（シニフィアン）と意味（シニフィエ）のずれを感じるとき、意識が生まれることを指摘しておきたい。

ラングは、ランゲージのラングであり、日本語とかフランス語という意味の言語体系のことである。その体系内ではスムーズに理解できるが、一歩、その体系から外へ出ると意味が理解できない。日本語に堪能でない外国人が日本人の話す会話や文章が理解できないと同様に、外国語を知らない日本人は、彼らの話を理解できない。辞書があれば、わかりそうなものだが、理論的には、猫と犬を区別せずに動物という国語があり得る。犬を単純に言う言葉がなくて赤犬と黒犬という二つの言葉があっても不思議ではない。国語によって言葉が示している概念＝意味が違うのである。おそらく名詞ばかりでなく述語についても同じであろう。白人が黄色人種や黒人を人間と見なさない時代があったとして不思議はない。（人種を色彩で分けるやり方には、なにか馴染めない、不愉快なものがつきまとうのだが、それはさておき）。その逆も、あり得るのだから。スペイン人がインカを征服した時、かれらはインディオを同列の人類と見なかったのではないか。言語が理解できたら、そうした事態を避けられないまでも、軋轢や不合理は、ずっと少なかったのではないか。

(2)

ラングの不思議なのは、そうした他の言語体系を取る世界では、通用しないこと以上に、体系内において、方言があったり、専門用語があったり、同じ意味でも時代によって表現が大きく違ったりすることだ。柳田國男に『蝸牛考』という極めて興味深い著作があるが、カタツムリという単純な生物の名称の変化と方言を調べつくしてその法則を引き出そうとしている。柳田は、ちょっと無理だったと白旗を上げたふりをしているが、そうした法則性を見出そうとする努力は貴重であろう。言語は不変一律ではなく、あたかも生き物のようにあり方を変えている。すべての言語は流行語だと言っても過言でないかも知れない。

要は、通用すれば言語の目的は達せられるのだ。ものぐさな社長が部下にすべて「あれ」とか「それ」、あるいは表情で指示して一切言葉らしい言葉を発しない事態だってあり得る。ただし、それでは社会や法制度は維持できないし、感情の微妙なニュアンスを表現できずに文学や歴史など文化の成立するはずがない。

ラングは、あらゆる変化にもかかわらず、社会的な約束として明晰な輪郭を形成するための合力を常に働かせて、合意体系——モデルあるいはゲシュタルト——を作り上げていることだ。

だが、フラットであるべきラングがなぜ変化するのか、永久不変でないのか、不足を単語の増加だけで済ますことができないのか。人々によって言語生活が営まれ、ラングが使われるからにほかならない。使われることによって、合意されながらラングは微妙に変化する。ラングを使うという行為が、パロールである。

(3)

ソシュールはパロールを前提にすることによっ

て、ラングの概念を獲得した。逆説的に言えば、パロールを棚上げすることによってラングの研究に集中できたのだ。一方、ゲシュタルト心理学は、結局、ゲシュタルトの呪縛と力学を解けなかったところに、欠陥があった。W・ケーラーは、ゲシュタルトの理論的な探求に、物理学の「場」の理論を持ち出しているほどである。

両者の違いは水を例に取れば適切だろう。ラングは凍結しない水のプールであり、ゲシュタルトは底まで凍結したプールである。ゲシュタルトはドイツ語で構造を意味しており、ラングも、同じく構造を内包している。フランスで生まれた構造主義の構造は、言語の構造であって、視覚の研究を得意分野とするゲシュタルト理論の構造と微妙に異なっている。前者は潜在的な構造であり、後者は顕在的と一応呼べるだろう。

(4)

とはいえ、構造主義の元祖と呼ばれるレヴィ＝ストロースの著作を読むと、彼の専門が文化人類学ということもあって、〈社会状態〉の構造に取り憑かれている印象を持った。彼は、ルソー思想の影響を受けているが、ルソーのもう一つのコンセプトである〈自然状態〉は一種のノスタルジーとしか捉えられていない。ラングの構造に注目したが、それをダイナミックに展開させるパロールには眼中にない。バタイユは、エロティシズム論において、この文化人類学者の盲点を見抜いているように思われる。構造主義は、大局的には、マルクス主義的構造概念を相対化することにあった。本質は、その非政治主義にある。ルソー思想の画期的な理解者スタロバンスキーやニュアンスに富んだブランショなどを例外として、おおくのルソー受容の短所は、〈自然状態〉と〈社会状態〉との弁証法的な関係をエクリチュールの思想として読み取れないことである。ソシュールにしても、パロールを意識しながら研究の対象としていない。

(5)

重要なのは、ラングという体系内で変化しつつもフラットなあり方に対する、パロールの個別的でダイナミックなあり方という区別である。

もっとも端的なイメージは、私たちが執筆する本然的な姿だと、私は思っている。用紙を前にして、執筆のペンを握って書いているスタティックな姿である。用紙はラングであり、ペンはパロールである。このイメージが優れているのは、漫然と事実を記しているのではなく、用紙とペンとの緊張した接点、人間の創造的な営為＝エクリチュール、つまり、書きつつ読む、読みつつ書く継続行為、そのものを描いているからである。音声主義のソシュールもまた無意識のうちにエクリチュールの思想下にあると言えよう。

(6)

セルバンテスは、騎士ドン・キホーテの口を借りて、あの長大な冒険物語において、物語の神髄のような物語を語っている。

ある騎士が湖にさしかかる。そこは魑魅魍魎や怪物・化け物どもが跋扈する湖である。湖の中ほどから、湖の宝物を得たければ、湖に飛び込めという声を聞く、鎧兜の騎士は白馬にまたがったまま、躊躇なく飛び込む。気がつくと、騎士は百花繚乱の野原からきらびやかな宮殿へと導かれて、美しい姫とまみえて、沐浴のあとに聖婚を果たすのである。もういうまでもないであろう。甲冑の騎士はペンの象徴であり、魑魅魍魎と妄想の湖は、執筆の用紙であり、ラングというフラットなひしめきである。表現のペンはもちろんパロールである。湖と騎士の接点こそ、私はポエジーであろうと思っている。

なぜなら、人はポエジーに導かれない限り、エクリチュールのペンを執ることは決してない。構造主義的シニフィアンの檻に閉じ込められた意味の尊厳を救出するために甲冑のドン・キホーテは湖水に飛び込んだのである。

ルドルフ・シュタイナーの魅力

書棚にはシュタイナーの本が何冊も並んでいる。どうしてこんなにも彼の本を読んでしまったのか、自分でも理解できない部分が多い。つい先日も、都心のワタリウム美術館へ「シュタイナー展」を見に行ってきた。彼の黒板絵がいくつも展示されていて、その色彩と線の力強さに引き付けられた。パウル・クレーに匹敵すると書かれたコマーシャルコピーを思い出すが、私もクレーの絵よりもずっとシュタイナーの絵に惹かれる。

別稿で書いた記憶があるので繰り返しになるが、彼は、生の哲学のベルクソンや現象学のフッサールとまったくの同時代人であるのに、三者にほとんど接点がない。あえて言えば、シュタイナーは、フッサールの師匠筋に当たるブレンターノの哲学を好んだ。いずれにしても、彼らにはシュタイナーのようなオカルトめいたところはまったく見受けられない。それでもどこかに共通の雰囲気を持っている。それが言葉で表現できないところに、私のシュタイナーへの愛着と躊躇がある。その問題に今回はこだわってみたい。

シュタイナーの教えは、キリスト教や仏教など、いわゆる信仰ではなく、霊学あるいは神秘学と称しているように、音楽・地理学・歴史学・哲学のような、誰でもが学べる学問の一分野としている。ただし対象である霊界への参入は、シュタイナーのような超能力者に導かれなかったら、道は開かれない。彼は何度も強調しているように、誰にでも解放されている自由の道であって、決して特別のイニシエーションを必要としない。彼の主著の一つは『いかにして超感覚的世界の認識を獲得するか』（高橋巖訳・ちくま学芸文庫）と題されているほどで修業と方法は明示されている。その一節を引用する。

「はじめはできるだけ熱心に外なる事物を観察すべきである。そしてそのあとではじめて、魂の中に立ち現れる感情と思考に没頭する。大切なのは完全なる内的平静を保ちながら、感情と思考の両方に注意力を集中することである。心を平静に保ちながら、内部に立ち現れてくるものに沈潜する行を続け、特定の時点に到るなら、これまで知ることのなかった種類の新しい感情と思考が内部に立ち現れてくるのを体験するだろう。」（五六頁）

記述は、理屈が通っており平明だが、それを体験するのは、至難でなかろうか。

霊的な体験は、ひとまず置いておき、彼の哲学についてふれたい。寡聞にして、シュタイナーと同じ霊的な体験を記した著作に巡り合っていない。日本人が書いた二つの新書版の入門書にも肝心の霊的な体験の部分は、シュタイナーの知識のそのままを受け売りして概説しているにすぎない。極論すれば、シュタイナー哲学や教育の場の応用は理解出来るが、霊学そのものは手つかずのままと言って良いのかもしれない。

ここで断っておきたい。私はまったく霊感とは無縁で霊界を感じる特殊能力を持ち合わせていない。が、シュタイナーのような超能力者が存在しないとも思っていない。彼が詐欺師だとまったく思わない。カルロス・カスタネダが書いたヤキ・インデアンの呪術師の話を読んだときも、こうした幻覚から学ぶ世界があると信じた。そうした世界が存在しそれに敏感な人間がいると信じている。J・G・ナイハルトの記したオグララ・スー族の呪術師ブラック・エルクの世界も一つの現実であろう。そのような能力は、空を飛んだり、奇跡を起こすような魔術めいた技能に主眼はなく、身体を離れて森羅万象という宇宙的な存在を体感的に捉えられる能力である。

世界は、過去も将来もない、際限のない多面的な一つの情報体であって、そのほんの一部を一貫した意味のまとまりとして読み取るのが人間世界だと、私は思っている。言葉に先立って人間世界は存在しないというよりも、書かれた文化であるエクリチュール以前には存在しない。にもかかわらず、言葉を超えた世界、あるいは宇宙が、人間世界を支えるものとして確かに存在している。誰でも、夜空に無数の星々を見上げれば納得できよう。言語表現を超えているのだ。

シュタイナーの『魂のこよみ』（高橋巖訳・ちくま文庫・四一頁）から引用したい。

万象の美しい輝きが
私の魂の奥底に生きる　神々の力を
宇宙の彼方へ解き放つ。
自分自身から離れ
ただ　ひたすらに
宇宙の光と　熱の中に　自分を探し求める。

この詩でさえも、文字で書かれた表現に違いないのだし、同じような感覚をいくらでも別様に表現できるのかも知れない。ある人は、すべてを物理的な現象に還元して眺めるかもしれない。別の詩（四五頁）を読んでみよう。

感覚の開示に帰依した私は
自分自身の衝動を失った。
思考は　私をめくらませ
私自身を　私から奪い去るように見えた。
けれども　すでに感覚の仮象の中で
宇宙思考が　私に近寄り
私を　目覚めさせようとする。

「帰依」という言葉が使われている。生態的な感覚そのままではなく、そのままではあるが、高次から「衝動」を一種のレンズのように利用して「衝動」をさしつらぬき世界を眺める視線があって、「帰依」はおのれを無にしてその視線を信じる事である。欲望も快楽も、そのままでいながら、相対化し変容される。言うまでもなく、それが簡単にできるようなら苦労しない。そこに修業があるだろうし、「帰依」つまり信頼することも要請される。そして、私たちは最初の詩へ引き戻されるのだ。私はシュタイナーの誠実を信じないではいられない。

シュタイナーの手ごろな著作に『神智学』（高橋巖訳・ちくま学芸文庫）がある。その第四章「認識の小道」の一節を読んでみたい。

「学ぼうとする人は、事物や人間の中のどんな些細な価値や意味をも肯定できるような性質を、自分の中に育て上げなければならない。共感と反感、快と不快は、まったく新しい役割を果たせるようにならなければならない。これらを押し殺して、自分を無感動な人間にすることが良いというのではない。反対である。すぐには共感、反感から判断と行動を引き出そうとしない能力を養えば養う程、人間はますます繊細な感受性を自分の中に育て上げるであろう。」（二〇〇頁）

この文章を引き写していたとき、私は唐突にも、あの映画物語を思い浮かべた。トラと太平洋を漂流する少年の冒険譚「ライフ・オブ・パイ」を。じつは、π少年はトラと漂流したのではない。トラはπ少年の心の奥に巣食う狂気であり性欲であり粗暴な本能――おのれの内にトラを飼っていない人には無縁であろうが――なのだ。それと勝ち目のない戦いを戦うのではなく、一定の距離を保ちつつ、トラを飼い馴らすのでもなく、共存しながら限りない叡智を学ぶ。

ところで、私たちが詩を書き、小説を構想し哲学し、日々の日記を付けるのでさえも、書くという行為は、ここでいう叡智なのではないだろうか。それは実際行為でないから、現実を飼い馴らすのではない。物語において、あるいは心の動きとして、殺人を書いたとして、人を殺せるわけでも自殺に追い込むわけでもない。書くという行為は、行為でありながら実際行為ではない、特種な行為なのだ。実力行使の観点から言えば、書く行為は、空間的時間的距離を取ることであり、遅延にほかならない。ボートに結びつけた筏に載ったπ少年と救命ボートに乗った一匹のトラの距離は、書く行為を象徴していて、真の小説家は、物語をπ少年から聴き取った作家ではなく、それを語ったとされるπこそ、真の意味の作家なのだ。そうした観点から引用したシュタイナーの文章を読むならば、書く行為＝エクリチュールと本質を同じくしていることが判明する。

ベルクソンの『物質と記憶』の「逆さ円錐」はエクリチュールのペンであり、フッサールの現象学的還元は、継続的に書く行為であるエクリチュールを端的に表しているという意味で、シュタイナーもまた、エクリチュール思想の影響下にあることが見て取れる。（ここまで書いて来て、たまたま現在読んでいる道元の『正法眼蔵』の世界との類似にも気づかされる。シュタイナーを通して道元を読む可能性もあるのかも知れない。）

さらに、私はシュタイナーを読むことによって、定められた宿命や因果を超えて、人と人、事件や書物との出会いの不思議にあらためて感動することを学ぶ。

――「人間の心臓は黄金の所産です。黄金はあらゆる光の中に生きており、そして大宇宙から流れ込んで人間の心臓を形成するのです」一九二三・七・二九　シュタイナーの講義より――

信仰と文学
――宮沢賢治の「手紙」四をめぐって

ある詩人から、とても興味深い、宮沢賢治の手紙のコピーをもらった。読んでいくうちに、どこかでチュンセとポーセの兄妹の名に記憶があったので、調べてみたら、ちくま文庫の『宮沢賢治全集8』に「手紙」四として収録されていた。書かれたのは、年譜（学燈社『宮沢賢治必携』）によれば、賢治が二十七歳の頃、大正十二年から十三年にかけてと推定されているから、最愛の妹トシの死去から一年ほどしか経っていないことになる。ここで全文を掲げればよいのだが、長い引用は、よく知っている人には、わずらわしいので最後の数行にとどめる。

チュンセは小さな妹のポーセを病気で失う。あるとき、チュンセは畑仕事をしているとき、緑色の小さな蛙を見つけて殺してしまう。夢に妹のポーセが現われて、わたしの「青いおべべ」をチュンセが裂いたと言って泣く。夢から覚めて、いくら妹を探しても見つからない。「あるひと」があらわれて次のように言う。

――「チュンセはポーセを尋ねることは無駄だ。なぜならどんな子供でも、また、畑で働いている人でも、汽車の中で林檎を食べている人でも、また歌う鳥や歌わない鳥、青や黒やのあらゆる魚、あらゆる獣も、あらゆる虫も、みんな、みんな、昔からのお互いの兄弟なのだから。チュンセがもしもポーセを本当にかわいそうに思うなら大きな勇気を出してすべての生き物の本当の幸福を探さなければいけない。それはナムサダルマプフンダリカスートラというものである。チュンセがもし勇気のある本当の男の子ならなぜまっしぐらにそれに向かって進まないのか。」それからこの人はまた言いました。「チュンセはいい子供だ。さあお前はチュンセやポーセやみんなのために、ポーセを尋ねる手紙を出すがいい。」そこで私は今これをあなたに送るのです。――(『全集8』の三七七頁。ただし、引用に当たり現代仮名遣いなどに変更している箇所があります。原文は全集を参照ください。なお、ナムサダルマプフンダリカスートラは法華経のこと)

四通の手紙についての『全集8』の説明には、「いずれも無題のまま活版印刷され、匿名で郵送されたり、手渡されたり、学校の下駄箱に入れられたりしたといわれるもの」とあり、「手紙」四については「洋紙一枚の片面に黒インクで印刷」とある。

一読して、心象スケッチ「無声慟哭」「オホーツク挽歌」や童話「銀河鉄道の夜」の世界と共通のものを感じるのは、自然であろう。ただ、それが印刷された手紙であり、また、伝達の方法からも、作品としてよりも、むしろ法華経の布教的な性格が強いように感じられた。にもかかわらず、賢治の作品世界のもっともコンパクトな要約のようにも感じられたのである。よく知られている通り、彼の熱烈な法華経信仰にもかかわらず、あの膨大な数の童話や詩的作品に、いわゆる法華経信仰は登場しない。仏教的な色彩も、思いのほか少なく、如実に表れるのは「ひかりの素足」くらいだ。彼が本当に描きたかったのは、仏教思想ではなかったのではないか。仏教ではなく法華経による救済が描きたかったのでは。法華経をつぶさに読めばわかることだが、この教えは、仏陀の物語であるにもかかわらず、ある意味で仏教的ではない側面をうかがわせている。意外に思う人もいるかもしれないが、法華経信仰の質は、仏教よりもむしろキリスト教に近いとさえ言える。

「銀河鉄道の夜」になぜクリスチャンが登場するのか、また、賢治の物語にバタ臭い雰囲気で一貫しているのはなぜか、これらの謎もそれと無縁ではないと思われる。しかも、法華経の信仰を作品において表現するためには、キリスト教信仰においてイエスの受難の物語を除いては成就できないように、法華経の名を挙げなければ、達成されない類の信仰なのだ。賢治の作品のジレンマは、熱烈な信仰から、法華経の名を挙げねばならないのに、そうすれば文学作品として成り立たないことを優れた実作者として賢治は感じ取っていたと思われる。最終的には、文学を取るか、信仰を取るかに追い込まれていったのが、文学者として賢治のジレンマであった。ところが、作品ではなく、この手紙においては、率直に法華経の名を挙げることによって信仰の道を選んでいる。

鋭い文学的な感性と才能に恵まれた賢治が、なぜ法華経に惹かれたのか、それを解明しなければならない。法華経の壮大な物語は、仏陀の一番弟子である舎利弗がおのれの悟りの境地を否定するという衝撃的告白に端を発する。自己中心的な信仰から、悠久の生命に目覚める信仰へと自己変革を遂げるのである。しかも、この意識変革は、ひとりの仏弟子の悟りにとどまらず、その場に居合わせた大会衆が舎利弗と感動を一にして一挙に集団的な熱狂の中で、悟りに達するための劇場、一大スペクタクルと化す。個と大衆の弁証法的な関係が成立するのである。

法華経は、それにとどまらずに、ある種の落とし前をつける。以上を描いた書物としての経典を崇拝するあまり、経典の名を、声を上げて唱えれば、悟りに達したのと同じという教義に至る。法華経内容自体が法華経という書物を称賛するという、一見奇妙にねじれた事態となる。法華経信仰は、悟りの質を問われない、熱烈な信仰さえあれば、それでよいのである。別に法華経を貶めているわけではない。法華経という書物を何が何でもあたかも生命のように後世に伝え続ければ、それでよいとする。熱狂的な信仰集団の中で、質の高い悟り、弁証法が維持されていくのだから。法華経の本質は、生命的なものの持続であって、書物を熱中して読み続ける集団的な行為と似ている。ベルクソン哲学に寄れば、意識と記憶と生命は同義語である。言うまでもなく、念仏などと同じに、法華経の題目を唱えることによって、理解度や境遇と関係なく、呪術的な文句——ただし声を上げて——を唱えるだけで、機械的な所作だけで、目的が達せられる便利な教義と言える。題目そのものに呪術的なご利益があるのではなく、運動の実践と宣伝として生命を持つ。

法華経信仰を要約すれば、一つは、法華経はそれを信じ読むこと——意識革命——によって悟りに達する方法を提示している。もう一つは、読むことさえも必要とせず、その題目を唱えて宣伝すれば、悟りが達せられるとする、自己犠牲を含む実践第一主義である。二つの原理は、互いに矛盾しているが、集団的な熱狂的な信仰によって矛盾が統一されるとする。極論すれば、矛盾の隔たりが、調和ではなく狂信を生むのだ。繰り返すが、私は法華経を貶めて言っているのではない。集団的な熱狂にしても、程度の問題は残るが、人間の文化も一種の社会的な熱狂と見なすこともできるのではないか。文化は、それによって伝達されていく。しかし、こうした排他的で熱狂的な集団主義は、文学にはなじまない。二つの原理は、文学においては矛盾をさらけ出してしまう。エクリチュールである文学は、第一原理を本旨としており、粗雑で独善的な第二原理を容認しない。エクリチュールの実践は、表現行為という特殊な実践活動であって、物理的な手段としての行為ではない。

最終的に賢治は、臨終の床で、文学を捨てて、信仰を選択したと思われる。手元の年譜（昭和八年〈一九三三〉三七歳）は短く次のように伝えている。

――（九月）二一日午前一一時半、突然、「南無妙法蓮華経」の唱題を唱える。父に「国訳妙法蓮華経」千部を翻刻し、友人知己に頒布することを遺言する。午後一時半永眠。法名真金院三不日賢善男子。――

私は、ひたすら文学の道を歩み続けた賢治の生涯から、その臨終での結論からではなく、その矛盾に呻吟する生き様そのものに大きな感動をおぼえるのだ。エクリチュールは、あくまでも意識にとどまり、どのようなイズムや思想を従滙するものではない。法華経を信仰の書としてではなく、エクリチュールの偉大な書として読むことが可能だと信じている。

Ⅲ　論考

断念の系譜——石原吉郎を読む

「告発しないという決意によって私は文学にたどりつくことができたし、詩にたどりつくことができた」（石原吉郎『望郷と海』筑摩書房・一三三頁）

一、はじめに

「深夜の地下鉄の中である。二人の与太者が乗客にからんでいる。彼らは傍若無人にふるまい、乗客の一人ひとりを恐怖におののかせる。車中には実直そうなサラリーマン、大学教授風の夫婦、船乗りのような男と女友達、黒人夫婦、二人の軍人、年金生活者風の夫婦など。彼らはどんなに愚弄され侮辱されても自分の殻に閉じこもるだけだ。他の者が暴力で痛めつけられても見て見ぬふりをきめこむ。まるでそうしていれば嵐かなんぞのように時が解決してくれるとばかりに。与太者はそういった乗客の心理状態を最大限に利用している。結果は軍人の一人が耐えきれずに悪党の一人を叩きのめして終わり。以上はつい二三週間前に観たテレビ映画である。この映画は後味が悪くて頭にこびりついた。とくに、いざ自分の番になったときの乗客の卑屈な態度である。「おれはきみたちの仲間なんだ。仲良くやろうじゃないか。他のやつをどんな風にしようときみたちの自由だ。おれだってきみたちと同じ気持ちだよ」とでもいった態度だ。この深夜の電車は現代社会の縮図である。二人の与太者はどこの愚連隊も同じでどうということない。映画のテーマはこの二人の乱暴狼藉を通して乗客個々人の虚飾のおおいを吹き飛ばすことにある。信頼を失い孤立させられた人間のなんと無力で醜いのだろう。乗客はひたすら自分を正当化するための口実をあれこれ探す。おれはもう老人だ。おれはニグロだ。おれは子供連れだ。家に返れば妻も子供も待っている。向こうは、失うものが何もない酔っ払い二人、勝ち目はない。じっとしていればまさか殺しはしないだろう。」

この文章は「真夜中の戦慄」という題で私が三十四歳のころ、ある文集に書いた感想文の一節である。テレビなので、途中から一回見ただけで書いた。ごく最近、ツタヤのパニック・コーナーにあったDVD「ある戦慄」を借りてきて驚いた。それはかつて四十二年も前にテレビで見た映画だった。原題は「The INCIDENT」、監督はラリー・ピアーズ。今では珍しいモノクロである。走る電車は、前後の車両へのドアが故障していて密室状態という設定。

印象はそれほど引用の感想と変わらないが、それぞれが深夜の電車に乗るに至る経過が描かれていて、結末は、与太者の一人が父親のコートに隠れていた女の子に手を出そうとしたとき、若い軍人で手を負傷して包帯をしている方が「いい加減にしろ！」と叫んで立ち上がったのだ。ナイフで襲いかかる暴漢を、彼はたった一人で対決して叩きのめす。彼自身も、腹に重傷を負うが、もう一人のチンピラもやっつけて、へたり込む。駆け付けた友人の軍人に「どこにいた」と言う。友人は「あっという間の出来事だったので」と言い訳のようなセリフ。対決した男はあどけなさを残す優しそうな田舎者だが、一方の臆病な方は、法律家を目指すエリート。

どんなに無力でも、なにかできたはずなのになにもしなかったのだから、この友人の言葉は、すべての乗客が内心で叫んだセリフであったろう。束の間の事件であった、と。

若い頃とやや違った感想を持った。ナイフを持った二人の暴漢に、密室でなんとか子供や自分の生命を守り通そうと苦悩する乗客や意気地なしの軍人に同情的になったのだ。たまたま勇敢な軍人が勝つことが出来た、その勇気はまさに賞賛に値する。だが、誰にでも求められる、いや、求めるべき勇気ではない。

二、**『夜と霧』**

最近、フランクルの『夜と霧・新版』（池田香代子訳）を読んだことも影響しているかもしれない。外界から閉ざされて暴力が支配して生命を脅かされる状態は類似している。しかし、アウシュヴィッツでは被収容者全員が団結してナチス親衛隊や看守たちと対決しても皆殺しにあうだけであったろう。この場合は、同じであろうか。まして相棒の軍人は、友人の命が賭けられた状況にあるのだ。少なくとも、悪党の一人と闘うべきではなかったか。負傷してうずくまる軍人に乗客の誰一人席を立って駆け付けず、椅子に釘づけされたように動けなかった。「どこにいた」のセリフに精確に答えようとすれば、恥ずかしながら全員が苦悩の中にいたのだと弁明するより仕方ない。

視点を変えて、『夜と霧・新版』から引用しよう。

「そこでは、たとえば一日のようなわりと小さな時間単位が、まさに無限に続くかと思われる。しかも一日は、権力をかさにきたいやがらせにびっしりと埋めつくされているのだ。ところがもう少し大きな時間単位、たとえば週となると、判で捺したような日々の連続なのに、薄気味悪いほどすみやかに過ぎ去るように感じられた。わたしは、収容所の一日は一週間より長い、というと、収容所仲間は一様にうなずいてくれたものだ。ことほどさように、収容所での不気味な時間感覚は矛盾に満ちたものだった。」（一一九頁）

地下鉄電車内の束の間の時間も、「一日のようなわりと小さな時間」とあまり変わらないのではないか。そして、なによりも注目したいのは、引用後半の「判で捺したような日々の連続なのに、薄気味悪いほどすみやかに過ぎ去る」時間を読むと、私になにか心当たりがあるような心境になる。それを察したかのようにフランクルの文章は続く。

「ここから連想されるのは、トーマス・マンの『魔の山』に記された、心理学的に見ても正鵠を射た観察だ。この小説は、心理学的に収容所と似通った状況に立たされた人間、すなわち退院の期日もわからない、「未来を失った」、未来の目的に向けられていない存在として便々と過ごす結核療養所の患者の精神的な変化を描いたものである。療養所の患者は、まさにここで話している強制収容所の被収容者そのものだ。」（一二〇頁）

ある意味で人が生きるというのは、深夜の電車に乗り込んでいる状態と同じなのではないか。結核療養所も強制収容所も似通っているとすれば、なによりも高齢者の生活とは、「判で捺したような日々の連続なのに、薄気味悪いほどすみやかに過ぎ去る」日々なのだから。たとえ、ある種の「未来の目的」を見出したとしても、そうした感覚を完全には拭い去れないのが、老齢者なのだ。私に心当たりがあると書いたのはそのことである。

それだけに、同じフランクルが「苦しむことはなにかをなしとげること」と書いた真意に深く感動する。

「わたしたちにとって『どれだけでも苦しみ尽くさねばならない』ことはあった。ものごとを、つまり横溢する苦しみを直視することは避けられなかった。気持ちが萎え、ときには涙することもあった。だが、涙を恥じることはない。この涙は、苦しむ勇気をもっていることの証しだからだ。しかし、このことをわかっている人はごく少なく、号泣したことがあると折りにふれて告白するとき、人は決まってばつが悪そうなのだ。

たとえば、あるときわたしがひとりの仲間に、なぜあなたの飢餓浮腫は消えたのでしょうね、とたずねると、仲間はおどけて打ち明けた。

『そのことで涙が涸れるほど泣いたからですよ……』」（一三二頁）

何十年も前に読んだ、旧版の『夜と霧』（霜山徳爾訳）を取り寄せている。ヴィクトール・エミール・フランクル（一九〇五〜一九九七）が最初に本書を発表したのは、一九四五年に収容所から解放されて、間もない四十二歳の時（一九四七年）である。そして新版は、それから三十年経過して七十二歳で手を加えたのである。その年輪を実感したい。なお、『夜と霧』（副題として「ドイツ強制収容所の体験記録）という題名は、初訳者の霜山氏が付したもので、原著の題名は、邦訳しづらい「それでも生にしかりと言う」の意とのこと。

三、**石原吉郎**

いま、私は石原吉郎の詩「葬式列車」を思い出した。『石原吉郎詩集』（一九六九年・思潮社）から、かなり長い詩なので前半のみの引用である。ニューヨーク・マンハッタンの地下鉄も、アウシュヴィッツへのユダヤ人移送列車も、石原が乗った、シベリアを走る囚人列車も区別がなく、時間が延々と果てしなく続くかのようである。

なんという駅を出発して来たか
もう誰もおぼえていない
ただ　いつも右側は真昼で
左側は真夜中のふしぎな国を
汽車はしりつづけている
駅に着くごとに　かならず
赤いランプが窓をのぞき
よごれた義足やぼろ靴といっしょに
まっ黒なかたまりが
投げこまれる
そいつはみんな生きており
汽車が走っているときでも
みんなずっと生きているのだが
それでいて汽車のなかは
どこでも屍臭がたちこめている
そこにはたしかに俺もいる
誰でも半分はもう亡霊になって
もたれあったり
からだをすりよせたりしながら
まだすこしずつは
飲んだり食ったりしているが
もう尻のあたりがすきとおって
消えかけている奴さえいる

ああそこにはたしかに俺もいる

石原吉郎は、シベリアの捕虜収容所で戦犯――一般の捕虜とは事情がやや異なる――として服役してスターリンの死去に伴う特赦で、帰国した。もっとも簡単と思われる年譜を掲げておこう。第一エッセイ集『望郷と海』(一九七二年)の奥付に記されたものであるから、著者自身が関与したものに違いない。

一九一五年　静岡県に生まれる
一九三八年　東京外語(旧制)卒業
一九三九年　応召
一九四五年　ソ連軍に抑留される
　　　　　以後、シベリア各地の強制収容所
　　　　　を転々
一九五三年　特赦により帰還。詩作を始める

長期間、極寒の環境のもとで、言語に絶する苦痛を強いられ、帰還者の多くが、故郷の土を踏んだものの、新たな環境に馴染めずに、口を閉ざすなかで、高度に洗練された詩句が、石原吉郎の思念を活気づけたのは何故であろうか。「特赦により帰還。詩作を始める」、帰国後の石原の異常とも言える、詩活動開始の速さは、何を物語るか、そこへまず焦点を当てたい。

にもかかわらず、彼の発語の語り口は極度に重い。それが彼の詩を読んだ誰もが感じる、石原吉郎の構えでさえある。特徴は、発語を幾重にも防衛し意識的に語っていることだ。「詩の定義」という題で次のように書いている。引用は後半である。

「詩は『書くまい』とする衝動なのだと。このいいかたは唐突であるかもしれない。だが、この衝動が私を駆って、詩におもむかせたことは事実である。詩における言葉はいわば沈黙を語るためのことば、『沈黙するための』ことばであるといっていい。もっとも耐えがたいものを語ろうとする衝動が、このような不幸な機能を、ことばに課し

たと考えることができる。いわば失語の一歩手前でふみとどまろうとする意志が、詩の全体をささえるのである。」（『石原吉郎詩文集』講談社文芸文庫十一頁）

「書くまい」とする衝動という説明は、確かに言葉足らずである。その前提として「語ろうとする」という衝動なり欲望がないところには、成立しないから。彼の詩を難解とする読者がいるとすれば、いたずらに「書くまい」を強調する、この唐突さに躓くのではないか。石原の場合、「語ろうとする」あるいは〈書きたい〉とする衝動を自分自身で捉えきれないところに彼の逡巡がある。「失語」とか「沈黙」あるいは「断念」「孤独」「疲労」、石原の詩にもエッセイにも、こうした言葉が目立つ。

四、二つの作品

ここで「断念」という短い詩を読んでみよう。エッセイ集『断念の海から』（一九七六年・日本基督教団出版局）に〈序詩〉として冒頭に掲げられている詩である。

この日　馬は
蹄鉄を終る
あるいは蹄鉄が馬を。
馬がさらに馬であり
蹄鉄が
もはや蹄鉄であるために
瞬間を断念において
手なづけるために
馬は脚をあげる
蹄鉄は砂上にのこる

この詩を人に説明するには、邪道であるかもしれないが、逆算的に解釈すると、理解しやすい。つまり、「砂上」に残る蹄鉄の跡は、文字のことであり、この詩の場合なら、詩の筆跡である。したがって、「砂上」は紙であり、「蹄鉄」はペン先であり、それによって書かれた文字をも意味している。「馬」はペンを執る人間であり詩人である。人間の妄想には荒馬の足跡のように、乱れて限りがないが、ペンは既成の文字表現に頼らざるを得ない。荒馬の脚に蹄鉄を打ちつける作業は、調教と同じように無慈悲で残虐な作業なのだ。「瞬間を断念において手なづける」とは、いかに巧みな表現であるかがわかる。「書きたい」という衝動は「馬」を象徴しているが、実際、石原はこれ以上、生身の「馬」そのものにはかかずらわない。悲劇は、馬脚の蹄と鉄との即物的な関係性に集中している。この詩がとりわけ硬質の感を与えずにはいないのはそのためである。つまり、生身の人間ではなく、書くことに追い詰められた心的構造を描いている砂漠からの発想なのだ。

次に「斧の思想」という、引用に容易な短い詩を読んでみよう。前掲の『石原吉郎詩集』からである。

森が信じた思想を
斧もまた信じた
斧の刃をわたる
風もまた信じた
森へたわんで
声となる均衡が
匂やかな黙殺を
めぐりにめぐり
一枚の刃となって
自立する衝動を
圧倒する静寂の
みどりが迎えるとき
斧には蒼白な
横顔があると
およそこの森の
深みにあって
起こってはならぬ
なにものもないと

首筋をしゃんとさせる、妥協のない自然の静寂の佇まいと同時に隠微な気配にあふれた詩である。斧とそれによって深く傷つけられ木肌の真向勝負する対立から匂い立つサディズムを感じさせる凄惨な凌辱を克明に描いている。要は、前の詩と同様に、物質と生命の対決と受容のテーマは同じであって、斧はペンであり、木の幹は、ペンによって描かれる紙を意味しており、斧の刃とえぐられる木目の一点、ペンと紙の接点を冷徹に抒情的に描いている。もはや、斧をふるう樵や森の倒壊する樹木には、うわの空である。存在するのは接点の存在の重さ以外に関心がない。「起こってはならぬ／なにものもない」、斧と幹の徹底的な断絶と傷という無理やりの強姦的な接点のドラマを詩は語っている。「森」は凌辱をものともしない海であり湖水であり執筆の紙でもある。

五、球について

そして石原吉郎のエクリチュールの接点の物語は、なんと世界観までも語るに至る。「球」（『現代詩手帖』一九七一年一月号）という散文詩は、ペンと紙の接点が、ボールペンの切っ先の球（ボール）の軌道であるように、激しく回転しているのだ。

球という形態は、もしその内部が空洞であるなら、完璧に宇宙を「内包」することができる。宇宙が完全に一個の球を包みこんでいる「関係」を、うらがえしにすればいいのである。それだけで、球がその内側から、一つの宇宙を一分の隙もなく内包している事実がはっきりする。私たちが私たちの形態のままで、すでに世界を内包してしまっている事実を確認するためには、ただ目を閉じるだけでいい。世界が「外側から」私たちに隙間なく接触しているということは、私たちが「内側から」世界に隙間なく接触しているということと、まったく等価である。私たちがひとつの意志をもって、おのれ自身の空洞へ降り立つなら、内包と外包との関係は苦もなくひっくりかえすことができる。これが一人の人間が、世界とまっとうに拮抗するためのただひとつの方法であり、そのために私たちは、凝縮した眠りをもたなければならないのである。

もう少し球に説明が必要かもしれない。一つの点は、ただそれだけであるならばなにをも意味することはできない。少なくとも表現のレベルに達することはできない。点と点を結びつけて、曲線なり直線なりを得ることによって、図であったり文字の機能を得る。事実上は、点と点を結びつければ、線を描けるが、厳密な意味では、点をいくら細かく点描させても線に至らない。線は点の連続では得られない。アリストテレス以来のパラドックスである。文字を描くには、事実上、球である点を回転させねば線は得られない。端的にはボールペンのペン先の原理だが、普通のペンや毛筆にしても、水であるインクや墨の流れを回流させて文字や図は描かれる。つまり、球の原理が働いているとみなされねばならない。石原吉郎がこの散文詩で描く「球」は、ペンと用紙の接点の球をテーマとしている。ここでも、自分の意識を描写している人間像とは無縁に、エクリチュールのペン先の軌道に集中している。言うまでもなく、無意味なものを描いているのではない。ある意味で、この「球」は、即物的に彼の脳そのものを代位している。「内側」とか「外側」あるいは「内包」とか「外包」と書かれているが、石原吉郎の脳の機能と同じなのだ。両者の境界は、これも一つのパラドックスであって、両者は容易に反転する、球のように回転する、それがエクリチュールのペン先である「球」の思想なのだ。

「凝縮した眠り」と最後にあるが、エクリチュールと現実の絶対的な断絶をこれ以上にない形で集約している。

はからずも石原吉郎の「球」がライプニッツの「モナド」と極めて近い位置にあることを示して

いる。「単一実体とは、宇宙を映しだしている、永遠の生きた鏡である。」（清水富雄訳『モナドロジー』五六）と書いたライプニッツは、モナド＝単一実体が、疑いもなく、エクリチュールのペン先を意味していることを知っている。それは偶然ではなく、エクリチュール思想の根のところに、聖書のキリスト受難の十字架が位置しているからであろう。もっとも、石原吉郎の信仰には、手元の資料を読む限り、キリスト教への憧憬を抱いているものの、私はいささか疑念を持っている。石原吉郎の「球」とライプニッツの「モナド」との大きな相違でもある。

回転し反転する「球」への鋭い洞察にもかかわらず、内側に「空洞」を抱えたままであり、事実上は、外側へは脱出できない眠りや夢の世界、それは誰よりも石原自身が熟知していることだが。すでに挙げたフランクルの『夜と霧』の思想との大きな懸隔でもある。石原吉郎が抱え込んだ「空洞」は、長期の厳しい抑留生活からか、すでに生来抱え込んでいた性質から来るものか、にわかには判断できない。あるいは、人間である限り、誰もが人知れず抱え込んでいる闇の部分――老齢や心身の疲労――であるかもしれない。石原吉郎は六十二歳という享年の割に、あまりにも老いていたのではないか。

エクリチュールの動力について（結語）

「球」がペン先とすれば、そこから当然に、本稿の最初に挙げた石原の詩「葬式列車」は、文字列のつながりを読んでいる意識の連綿の隠喩であるほかない。最後に一つの問いの形があらわになってくる。ニューヨーク・マンハッタンの地下鉄もアウシュヴィッツへの囚人移送列車も、石原吉郎が乗ったシベリア鉄道の葬式列車も、それを走らせている動力は、なにが働いているか？『夜と霧・新版』から示唆に富む文章を見つけた。

「ほとんどの被収容者は、風前の灯火のような命を長らえさせるという一点に神経を集中せざるをえなかった。原始的な本能は、この至上の関心事に役立たないすべてのことをどうでもよくしてしまった。」（池田香代子訳・五二頁）「そして、（発疹チフスによる）おぞましい譫妄！　これに抗するために、わたしはみんなと同じことをした。夜っぴて目を覚ましていようとしたのだ。何時間も、わたしは心のなかでひとりごとを紡いだ。しまいには、アウシュヴィッツの消毒棟で手放さざるをえなかったあの原稿を、速記記号をつかってちっぽけな紙切れに再現しはじめた。」（五六頁）

書くという行為＝エクリチュールが、単なる治療的な効果を超えて、生命と深く結びついていないだろうか？　石原吉郎も、苛酷な虜囚生活の末の帰還間際、ハバロフスクで、それに近い体験を語っている。

「ハバロフスクではかなり自由で、日記だけはつけていました。どこへでもかくせるような、小さな手帖です。はじめは、一冊書きおわるたびに焼きすてていたのですが、だんだんそれができなくなって、しまいには現場の壁の中に塗りこんでしまいました。私はその頃、左官をやっていましたから。今でもハバロフスクのどこかの建物の壁の中に、私の日記があるはずです。」（『望郷と海』一三九頁）

＊

取り寄せた旧版の霜山徳爾訳『夜と霧』を読み終わった。新版の池田香代子訳との相違に気づかず、池田氏の「あとがき」を読んで初めて知る始末であった。新版ではフランクルがユダヤ人という言葉を使わずに、記述に普遍性を持たせている、と彼女は指摘している。私が注目したのは、誰でも気づくことだが、本書の形式の相違である。旧版には冒頭にフランクルの文章ではなく「解説」としてドイツ強制収容所の所在や組織そして殺害の数量的な記録、方法などが、本文に匹敵するほどの詳しい記述と本文の後には資料として凄惨な「写真」と「図版」が約四十頁付されている。

旧版は「解説」と「写真」などを付すことによってフランクルの記述の真実をまず世間に訴える目的から、戦後まもなくの出版として当然の配慮であったろう。

しかし、本書の本質的な価値が損なわれる、一言でいえば、普遍的な真実を見損なう、危険も内包していたのではないか。一方、新版は、フランクルの記述以外を一切取り除いてコンパクトに出版されている。出版社と新訳者は、それがフランクルの新版にふさわしいと考えたのであろう。本稿の冒頭に掲げた石原吉郎のエピグラフを読んでほしい。石原の方法は、告発しないのである。『夜と霧・新版』は、告発ではない。人間の可能性の体験的な記録である。言うまでないが、私は告発一般を否定するものではない。

ルソーの『夢想』を読む

夢想①—1

「こうして私は地上でたった一人になってしまった。もう兄弟も、隣人も、友人もいない。自分自身のほかには共に語る相手もない。誰よりも人と親しみやすい、人懐こい人間でありながら、万人一致の申し合わせで人間仲間から追い出されてしまったのだ。人々は憎悪の刃を研ぎ澄まして、どんな苦しめ方をしたら感じやすい私の魂にこの上なく残酷な苦痛を与えることが出来ようかと思い巡らした末に、私を彼らと結び付けていた一切の絆を荒々しく断ち切ってしまったのだ」

ジャン＝ジャック・ルソーの遺作『孤独な散歩者の夢想』の冒頭の文章である。以降、訳文は岩波文庫の今野一雄氏のものを使わせていただく。①は「第一の散歩」のことであり、順次、「第十の散歩」の⑩まで付番する。全体で一七七頁の小冊子なので引用の頁数は省略する。

ルソーの文章は、個人的な記述の体裁をとりながら、常に普遍性の筋がしっかりと通っていることに注意したい。必ずしもルソーの現実的で具体的な状況を知らなくても、読み手自身にひきつけて解釈できる側面を持っている。訳注にもあるように、兄弟はいないと書かれているが、七つ年上の行方不明の兄が一人いる。あくどい様々な迫害にもかかわらず、彼を庇護していた隣人や友人がいなかったわけではない。妻テレーズもこの文章を書いている傍にいるはずである。だが、彼の孤独感は本物である。私たちが、ルソーを読むとき、それを疑ってかかるのは、もちろん読み手の自由だが、ルソーの誠実さそのものを疑ってかかる立場を私はとらない。

冒頭から、彼の思想の大前提から書き出している。自分への自愛的な肯定が底にある。卑俗な言い方になるが、悪いのは自分ではなく、他者なのである。神の前に、裸のまま立つことを意味しており、その絶対的な誠実、それは疑い得ない絶対的な肯定であり、その精神は、ルソーの《書くという行為》の誠実さに結びついている。他者に対して自分が無罪だというのは、自分の誠実を、紙を前にペンを執って書くことを通じて全うされる。生命と同じである意識を辿る《書く行為》には際限がない。書く行為に至る、絶対的な孤独と誠実がここに描かれている。難しいのは、この誠実をどのように捉えるかであろう。

夢想①―2

「ところで、私は、彼らから離れ、すべてのものから離れたこの私は、いったい何者か?その探求だけが私に残されている。けれども、忌々しいことだが、その探求を始めるには、まず私の境遇を一瞥しておかなければならない。それは彼らから私に到達するために触れずには済ますことの出来ぬ観念なのである」

手元にある青柳瑞穂訳は次の通りである。

「彼らはそれで良いとしても、彼らから、一切のものから離脱した僕というものは、一体、どういうことになるのか?このことは、とくと考えて見なければならん、それを考える前に、辛いことだが、僕はどうしても自分の境涯を瞥見する必要がある。これは僕が彼らから自分に到達するためには、いやおうなしに通らねばならぬ道だからである」

上記の今野一雄訳とあまりに違うので、英訳を参照したが、埒が明かない。現在、フランス語原書を取り寄せ中で間に合わない。もっとも私の語学力では心もとないが。

前半は「いったい何者か?」の方が、「どういうことになるのか?」よりも、端的で私の好みだ。ルソーの問いは、哲学者の問いではないが、常に本質に狙いを定めている。ただし、彼が求めている回答は、哲学者の言うような、孤立した人間という抽象的な概念の深さではない。もっとずっと具体的な人間のあり方である。そして、大きな枠組みとしては、「彼らから私」へ、つまり、社会状態から自然状態へという、ルソー思想のライトモチーフが透けて見えてくる。その両状態のダイナミズムを通して断絶された致命的な状況が語られるのである。

英文のroadが正しいとすれば、「観念」よりも、「道」と訳した青柳訳を取りたくなる。どちらが正しいかを判定するのではなく、解釈の相違を愉しむような余裕が欲しい。実に、ルソーとは、深さではなく、自然の豊かさの思想ではないだろうか。

昨日の「敬老の日」特集テレビによれば、老化でもっとも深刻な問題は、社会との接点を失うことだと、統計的にも明らかにされている。ルソーは、その社会との接触を意図的に絶たれた状況をこれから語ろうとしている。

夢想①―3

「常識から考えて、こんなことが予想できたろうか？　その頃と同じ私が、今も昔のままのこの私が、いつか疑う余地のない怪物として、毒殺者、暗殺者として世間に伝えられ、そう信じられることになろうとは？　人類の恐怖の的となり、無知な連中のなぶりものにされようとは？　道行く人が挨拶の印として、私に唾を吐きかけることになろうとは？　一時代の人間全体が申し合わせて、私を生きながらに葬り去って愉しむことになろうとは？」

ルソーがこうした窮地に陥ったのは、この記述の十五年以上前のことで、主著の一つ『エミール』の出版を契機としている。彼が五十歳の頃であり、この文章が書かれたのは、六十五歳、つまり死の二年前であろう。桑原武夫編の『ルソー』に掲げられた「略年譜」の一七六二年には、次のように記されている。「『社会契約論』『エミール』出版。後者が焚書となり、逮捕令が出たので、国外逃亡、スイスのモチエに住む」。以降も、迫害はついてまわり、各地各国を点々とする。焦燥と憤懣で動揺し、平静にかえるのに十年以上も費やしたと書いている。

特記すべきは、ルソーが差別への怒りと心理を正確無比に描いていること。ある日、ルソーの読者である私たちも又、こうした理不尽な差別や偏見を浴びないという保証はどこにもない。人の心は手のひらを返したように変わり、夜が明けたら、私たちは偏見という牢獄にがんじがらめにとらえられているかも知れない。見方を変えれば、人は常に差別や偏見を正当化する理由を見つけだそうと、虎視眈々としているとも言える。マスコミの機能は権力的世論操作と言ってよく、最近の某美人タレントへの報道は、常軌を逸しており肌寒い限りだ。内部告発者が逆に白眼視され、結局、企業内から爪弾きされる状況も同じだろう。

そうした四面楚歌の中で、平静を取り戻し、生きる喜びを見出そうとルソーは苦闘する。

夢想①──4

「僕は自分が実際になめている厄災だと、平気で我慢できるが、半信半疑の厄災だと、そうはいかない。僕のおじけたイマジネーションは、それら厄災を組み合わせてみたり、裏返しにしたり、広げたり、増大してみたりする。僕には、それを待つときのほうが、その実際の現出よりも百倍も苦しく、威嚇のほうが打撃よりも恐ろしいのである。いざそれがやってきてみると、来たという、そのことのために、それが持っていた架空的な部分がことごとく剥げ落ちて、その本来の値打ちに引き戻されるのである」

以上はいつもの今野一雄訳ではなく、青柳瑞穂訳である。日本語としてこなれている。訳文としての正確さを求めるか、どちらをとるか、いつも迷うところだ。

〈威嚇〉より〈打撃〉の方が、ダメージが少ない。刀の柄に手をやった武士に「斬れるものなら、すっぱり斬ってみやがれ」と首筋を示して粋がる町人のやり方で、威嚇する側がたじたじとする場面だが、逆に町人の威嚇がものを言っている。面前で唾をかけられても命にかかわるわけでなく、社会的な侮辱が表現されていて、黙っていればそれを認容したと看做される恐怖なのだ。暴力の場合も、殴られるのは平気であっても、なかなか侮辱は払拭できない。衆目にさらされなければ、侮辱的な行為はほとんど効果がない。差別や偏見やイジメのたちの悪いところは、それが無意識的に社会的な形態を取り、具体的な証拠があげにくいところから来ている。

観点を変えれば、打撃や暴行のような実際行動がイマジネーションの横溢を緩和させる作用を及ぼすことであろう。横溢が症状だとすれば、表現による症状の解消の効果が期待できる。ルソーにとって、他者による迫害を克明に表現することによって、漠然とした感覚を表現として定着させ、さらなる表現の足場を得ることになり、迫害を完全になくすことは出来ないまでも、ダメージを慰撫し、闘う体制を築くことが出来るのである。つまり、イマージュの横溢という〈威嚇〉から現実的な〈打撃〉に変換するきっかけを掴むことになる。エクリチュールの効能の一つが描かれているといえよう。

イマージュと〈エクリチュールの象徴である〉ペンとの間に、表現行為が成り立つ。イマージュの完全な解消、あるいは、症状の完全な費消は、エクリチュールの主旨に反するとも言え、表現による治癒効果は完全なものでありえない。イマージュと現出の差異こそ、エクリチュールとしての文学の可能性であろう。それがエクリチュールの物質性である。

夢想①—5

「世間は、私に関する問題においては、私を憎むようになった集団のうちに絶えず新しく生まれてくる指導者に率いられているのだ。個人は死んでも集団は滅びない。そこには同一の情念が長く伝えられ、彼らの激しい憎悪は、それを吹き込む悪霊と同様に不滅で、いつになっても弱まることはない」

晩年のルソーは、大作を次々と世に送り、すでに、誰知らぬ者のない著名人である。ただし、自伝『告白』は書き終わっていたが、出版はされておらず、死後である。その彼が、自分の著作を含めて、抹殺され、完全に世界から忘れ去られるという恐怖に駆られている。文筆一本で築き上げられた名声を除いたら、無に等しいルソーである。そこまで心理的に追い詰められている。

集団の恐ろしさは、その結束ばかりでなく、それが継承され、永続性を持つことだ。集団、つまり組織のことだが、それを敵に回したときには、個人ではなかなか対抗できない。文筆でさえも頼りにならない。

〈悪霊〉という言葉が使われているが、『マルコによる福音書』（第五章）に典拠がある。周知のとおり、ドストエフスキーの長編『悪霊』の表題もこれによっている。イエスを畏怖して、悪霊が豚二千匹に入り込んで崖から海へ雪崩れ落ちて溺れ死ぬ話が描かれている。読み方によっては、集団の救いようのない精神にふさわしい果て方ととれないこともない。

夢想①—6

「私は自分というものの研究に晩年を捧げ、遠からず出さなければならない報告を今から準備する。自分の魂と語り合う楽しみに浸りきろうではないか。この楽しみこそ人々が私から奪い去ることの出来ない唯一の楽しみなのだから」「日々の散歩の途上、何ものにも煩わされない心は、しばしばうっとりとするような思いに満たされることがあったが、これまでその思い出を失ってしまったことを私は残念に思っている。これからも心に浮かんでくることを書き留めておくことにしよう。それを読み返してみるたびに、私は楽しい思いに帰ることができ、自分の心にふさわしい報いを考え、不幸を忘れ、敵を忘れ、汚辱を忘れることだろう」

最初の文章にある、晩年を捧げた「自分というものの研究」とは、ルソーの自伝『告白』を指している。この詳細にわたる大冊の自叙伝は、出生より一七六五年の五十三歳まで、二部からなる記録である。私は三十代に読んだはずだが、ほとんど忘れていて、現在、再読中なので、少年時代を除いて詳しい内容は分からない。この『夢想』は、本来は自叙伝の第三部に当たるものである。

自伝再読中の段階で、私の予想を記すことが許されるとしたら、『告白』の記述においては、書き漏らした「思い出」のようなものへと記述が一変しているはずである。書き漏らした「思い出」とは「自分の魂と語り合う楽しみ」のことである。

従って、記憶という思い出の単なる記録ではなく、この『夢想』においては、書くことそのものの悦びが語られることとなる。ルソーによって、エクリチュールの悦びのラジカルな徹底的な追求が始まるのである。もはや、『告白』の続編ではないはずだ。極めて重要な文章であろう。

夢想①—7

「この原稿は僕の『告白録』（翻訳によっては『告白』）の追補と見ることも出来るわけだが、しかしいまさら、かかる表題は付さないことにする。この表題に値するようなことで語るべきことは、もはや全然なかろうと思うからである。僕の心は苦難の坩堝で浄化されたのだ。だから、その心を丹念に調べてみても、咎《とが》むべき傾向の残滓さえほとんど見いだされないのである。この世のあらゆる愛情がむしりとられた以上、いまさら僕は何を懺悔したら良いというのか？　僕は自讃する柄でもないが、さりとて、自らを貶《けな》そうとも思わぬ。つまり僕は、爾後、彼ら人間の中にあって、ゼロの存在なのである」

今回も、訳文の正確さよりも、こなれている日本語ということで青柳瑞穂訳をあげた。孤独に貶められたことにより、ルソーの心は浄化されて、自惚れや卑下から完全に解放されて、書くことの原点、エクリチュールの水準のゼロ点を獲得したということである。まさに、ルソーのみに訪れた天才的な発想の転換である。いわば、執筆のペンは、それが活動する場である白紙を意識したのだ。それにしても、彼の強靭な精神力！　普通、いくら書いてもこの境地に達するのは至難であろう。

エクリチュール論においては、エロティシズムの観点は避けられない。ルソーにとって、白紙の発見は、彼を一人前の男としての育てたヴァランス夫人の庇護を通してであろう。私たちは、『告白』第五巻において知ることが出来る。いうまでもないが、この夫人と関係を持った人物がすべて、ルソーのように捉えたとは言い難い。

「彼女が感じやすい性格であり、冷静な気質だといったら、いつものように、矛盾だといってとがめられるであろうことは、先刻承知である。なるほど無理もない。これは、もしかすると、自然の手落ちで、そういう組み合わせはありえないかもしれない。ただ私は、それが事実あったことを知っているだけだ。ヴァランス夫人と近づきになった人たち、その多くはまだ生きているが、そうした人たちはみんな彼女がそうであることを知ったはずだ。私はさらに付け加えても良い。彼女はこの世の生活で真の楽しみをただ一つしか知らなかった。それは愛する人を喜ばせることであったと」

(ルソー『告白録』井上究一郎訳・河出世界文学全集・一九九頁/同じ訳で、『告白』上巻・桑原武夫訳・岩波文庫二八四頁がある)

上記の文章は、夫人に導かれて、初めて彼女と同衾が許される記述の直後に書かれている。ルソーは、普通、女性の性的な情念を見るところに、「感じやすく」「冷静な気質」という、矛盾した性格の均衡、つまり、一種の静謐を見ているとに注目したい。あるいは、彼女が不感症であったのか——。

夢想①—8

「人々にもっとよく分かってもらえたらという願いは、私の心から消え去ってしまったし、私の本当の著作とわが身の潔白の記念となるもの——そういうものはおそらくもうみんな永久に破棄されてしまったのだ——の運命については完全な無関心があるのみだ。なにをしているのかと覗き込もうが、このノートを不安に感じようが、差し押さえようが、破り捨ててしまおうが、偽作しようが、もう私にとってどうでも良いことだ。私はこれを隠しもしないし、見せもしない。たとえ生きている間にこれを取り上げられたとしても、それを書いたという喜びや、その内容の追憶、それが生まれる機縁となり、その源は私の魂が滅びない限り涸れることのない孤独者の瞑想を取り上げられることはあるまい」

この『孤独な散歩者の夢想』という遺書的な著作の一つの頂点をなす記述であろう。幸いにして、ルソーの著作は破棄されることなく、私たちが読むことが出来る。従って、ルソーの心配は危惧に過ぎなかったと今では言えよう。だが、迫害者から精神的に追い詰められたルソーによって初めて、《書くという行為=エクリチュール》の本質が開示されたのだ。「その源は私の魂が滅びない限り涸れることのない」という文章に、エクリチュリストとしてのルソーの矜持が垣間見えて、悲劇的であると同時に、かすかに希望を灯すものであろう。云うまでもないが、この孤独者のエクリチュールは、なんでも勝手に書けるとか、放恣に流されることであってはなるまい。私はこのブログにルソーの文章を引き写して、感想を書いているのだが、たとえ、それが、ブログにパソコンで書くという行為であったとしても。

次回から「第二の散歩」になる。

夢想②――1

「以前ほど旺盛でなくなった私の想像力は、想像を呼び覚ます事物を静観しても、昔のように燃え上がることはないし、私はかつてのように夢想に酔いしれることもない。今では夢想から生まれるものは多くの場合、創造ではなく追憶なのである。目に見えない衰弱が一切の機能を麻痺させていく。私の生命力は次第に消え去っていく」

こうした老齢者の諦念は、老いても我武者羅に生きることを欲する人間にとっては、意気地なく聞こえるかも知れない。だが、ルソーは、手をこまねいていたわけではなく、身の潔白を証明するために、闘い続けたことを忘れてはならない。各地放浪と逃亡の末、パリ郊外の地に、迫害者からの包囲網で閉ざされた彼の老境を思うとき、胸に迫るものがある。

この文章から読み取れるのは、そうした社会状況もさることながら、彼の根本思想である、本来のあり方、自然に身をゆだねるという境地に達したことであろう。それこそ、私のような老齢者にとって、万金に代えがたい重みのある言葉と言えよう。残念であるが、ルソーの言うように、みずみずしい想像力も創造力も衰える。それが現実である。

実は、彼はここで弱音を吐くために書いていているわけではない。その現実を踏まえた、新たな追憶に目が向いている。
年譜によれば、柳田國男が『海上の道』を上梓したのは齢八十六のときである。もちろん、それまでこつこつと資料を集め書き続けていたのであろう。それにしても、その息の長さ、追憶の深さ、その構成力、驚嘆に値する。読めば読むほど、ルソーと共通する叡智が見えてくる。桑原武夫は両者に精通する大家だが、その類似にこだわっていない。時代は、マルキシズム全盛で、エクリチュールの観点を見出せなかったのであろう。その消息を詳しく論じる価値がありそうだ。

夢想②―2

「ときどき、そんな風に一人で散歩しながら感じたあの恍惚、あの陶酔、それを楽しむことが出来たのは迫害者たちのおかげなのだ。そういう人間がいなかったなら、私は自分のうちに持っていた宝を見つけることも知ることも出来なかったろう。こんな宝に埋もれているのだ、どうすればそれを余さず書き留めることが出来よう？　さまざまな快い夢想を記憶に呼び起こそうとして、私はそれを描くことを忘れて、その思い出に浸ってしまう。これがその追憶のもたらす境地だが、それもやがてはまったく感じられなくなると共に知ることも出来なくなってしまうだろう」

何気ない文章のようでいて深い。《書く》というのは、つまり、エクリチュールは意識的な行為である。普通、喜びは感じるのであって、描くのではない。誰もが作家であるわけではない。それぞれに瞬間、瞬間を充足して生きるのが、理想であろう。そうした意味では、《書くという行為》は特殊な行為であろう。それを意識するあまり、楽しむことをかえってないがしろにする場合も多い。ルソーがここで試みようとしているのは、行動することが《書く》ことのみに追い詰められた心境の中で、《書くという行為》の底のところで支えている喜びに目を向けようとしているのである。

ルソーは別のところで書いている。自分は、その場では十分に感じ反応することが出来ず、時間を経て追憶と化して初めてリアリティーを獲得する、そんな主旨のことを。作家的な資質の一端であろう。

「もし、私がまずよく待つことを忘れず、その次に脳裏に描かれた事物をその美しさにおいて表現することが出来たら、私より優れた作者はあまりないはずだ」（ルソー『告白』上・桑原武夫訳・岩波文庫一六三頁）

夢想②――3

「夜はふけていった。僕は、空と、いくつかの星と、少しばかりの青いものに気づいた。この最初の感覚は、一瞬、快かった。この感覚によってしか、僕には未だ自分がわからなかった。この刹那に、僕の生命は生まれようとしていたのだ。そして、僕は自分のかすかな存在で、目に映るあらゆる物象を満たしつつあるような気がした。その瞬間というものは、全然なんらの記憶もなかった。自分というものの明確な概念もなかったし、自分の身に何が起こったのかという意識もなかった。痛みも感じなければ、恐れも不安も覚えなかった。自分の血が流れるのを見ても、小川でも流れているように思って、その血がどうあっても自分のものなどとは考えもしなかった。ぼくは全身のうちにうっとりするような静けさを感じた。その後、それをいつ思い出してみても、今まで経験した快感のどんな活発な動きの中にさえ、比べるもののないような心地よい静けさだった」

今回は青柳瑞穂訳である。

ルソーは、一七七六年十月二四日、木曜日、夕暮れの六時ごろ、散歩でパリ郊外を歩いているとき、前から走ってきた大型のデンマーク犬に激しく追突され、転倒して顔面と頭を強打して街路に横たわった。すぐに、数人の男たちに助けられ、一命を取り留める。危うく、後続の馬車に轢かれるところであった。その後、自力で自宅に帰りついた。この事故でルソーは死に、遺稿の予約出版の噂まで広がり、ルソー本人の耳にも達する。

その昏倒している間の一瞬に感じた感覚を引用の文章は詳しく語っている。パソコンで文章を写し取っていて、非凡な感覚と記憶力、表現力に舌を巻く。ルソー、六十四歳のときである。

現象学的にいえば、意識のエポケー〈判断停止〉の一瞬を描いている。意識の原初的なあり方、そうした素地の上に、私たちの日常の感情生活が白紙にペンが走るように描かれていくのだ。その素地を、転倒したルソーは意識する。彼のエクリチュールの白紙に、自我も抽象性のかけらもないことに留意したい。

夢想②―4

「神は正しい。神は私が苦しみ悩むことを欲している。しかし罪なき者であることを知っている。これが私の確信の拠り所だ。私の心情と理性は、この確信に欺かれることはないと叫んでいる。だから人間や運命のなすがままに任せることにしよう。不平を言わずに耐え忍ぶことを学ぼう。すべては結局、秩序を回復するであろうし、遅かれ早かれ私の順番も回ってくる」

私はこれまでも、これこそがルソー思想の根幹だと書いたかもしれない。だが、この「第二の散歩」の締めくくりの言葉ほど、それを感じる言葉はないだろう。問題は、やはり「私の心情と理性」というところ。彼が『エミール』で説いたように、彼の自然宗教は、神の啓示を認めない。彼の信仰心はごく自然なものである。長い熟成期間を経て内部で自然に形成された「心情と理性」による確信である。神への信仰と一体なもの、苦しみも悩みも、ルソーにとって自然なものなのである。そうした境地に彼は達したと捉えられる。「私の順番」は神の正義であると同時に、彼の死を暗示しているように、私にはとれる。

この見地に立ってこそ初めて、信仰や世界観の偏見に囚われることなく「苦しみ」も「悩み」も、そのあるがままの姿で、心に描けるのである。こうしたルソーの思想がエクリチュールの思想に至るのは当然であろう。その思想には、後のフッサール現象学を内包していると私はみたい。なぜなら、自我を相対化する思想なるがゆえに、自我に捉われた現象学を超えているから。

一言で言えば、ルソーは誠実に生きた人間の無罪を宣言している。そこに私は限りなく深い慰めを感じることができる。

夢想③——1

「老人の勉強は、老人にもまだ勉強することがあるとすれば、唯一つ、死ぬことを学ぶにある。しかも、私ぐらいの年齢になると、それこそ何よりも怠けていることなのだ。すべてのことを考慮に入れながら、それだけは考えようとしない。老人というものはみんな、子供たちに比べて生にいっそう強い執着を持ち、青年よりもいっそう辛い面持ちで生を去っていく。それはつまり、彼らの一切の苦労はこの世のためだったのだが、人生の終わりになってすべては徒労だったことを知るからである」「彼らは生きている間、死に際して持ち去ることの出来るようなものは何一つ獲得しようとは考えなかったのだ」

六十年代に青春を過ごし、職場の労働運動に多くの時間を費やした。当時の指導者も、私自身も、それが労働者全体の利益となり、より良い世界を築くためと、自らを叱咤激励しながら、困難を乗越えてきた。その間、逡巡もあった。きれいごとばかりでなかったことは承知している。若干の仲間は、労使の板ばさみに会い、自ら生命を絶ち、また、精神を犯され、退職を余儀なくされた。

その結果が、二十一世紀という現代である。日本の労働運動は壊滅状態といって良い。高度成長政策に踊らされて、子供や家族を省みずに、過重労働に終始したのではなかったか。当時の理想も愛も正義感も自己満足に過ぎなかったのではないか。徒労感ははなはだしい。子孫に残すべき財産もない。ルソーの言葉は心に重く響く。

夢想③―2

「彼らが勉強するのは他人に教えるためで、自分の内部を明らかにするためではない。彼らのうちの多くの者は、書物を書くことだけを考え、どんな書物であろうと、ただ世に迎えられさえすればいいのである。書物を書き上げて出版してしまうと、もうその内容には一向に関心を持たない。ただそれを他人に受け入れさせることが、又それが攻撃される場合には、弁護することが問題となるに過ぎない。それればかりではない、その書物から何か引き出して自分たちの役に立てるということもないし、その内容が間違っているか、正しいかさえ気にしない、反駁されなければそれでいいのだった。私はどうかといえば、私が学問をしたいと思ったのは、自分で知るためであって、人に教えるためではなかった」

当たり前のことのようだが、主として、ここで批判の対象は哲学者である。ルソーの書物と哲学者の書物の違いを語っている。私たちが生き方を求めて、類書を探すとき分かることだが、大げさな体裁にかかわらず、現実と何の関係のない空理空論の書物がいかに多いことか。一種、狂信的な世界観の押し付けの思想書もまた溢れている。自叙伝でさえも、今も昔も、自慢と自惚れと相場は決まっている。おのれを知り、真におのれの肥やしになる書は、思いがけず少ない。また、書こうにも書けないものなのだ。ルソーのような天才を除いて。

後期ルソーの代表作の一つに、『告白』がある。自叙伝的な作品の傑作。この『夢想』と同様に、死後、出版された。その冒頭に次のように書かれている。

「これこそが自然のままに、まったく真実のままに正確に描かれた唯一の人間像、このようなものは、かつてなく、又今後もおそらくないであろう。私は運命あるいは私の信頼が、この草稿の処置をゆだねたあなたが誰であろうとも、私は自分の不幸とあなたの真心にかけて、又人類の名において、この類例なく、又有用な作品を闇に葬ってしまわぬようにお願いする」

人間性探求というのは、知識を得るという単純な読む行為では達成されない。それらの記述の一行一行が、あたかもシャツのボタンの一つ一つを自分という心のボタン穴に留めていくように、おのれと照合しなければ、意味を成さない。そうした立体的な読み方が必要なのだと私は思う。そうした読み方に見合うような書物がルソーのテキストなのだ。

夢想③—3

「人間の知性がほとんど手がかりを持たない問題について、最終的に自分の立場を決定しようと決心しながら、一方、いたるところにうかがう知ることの出来ない神秘と解くことのできない異論を見出していた私は、一つ一つの問題において、直接にもっとも確定的と思われ、それ自体もっとも信じうべきことと思われる意見を採用することにして、自分では解くことは出来ないが、反対の体系によるそれに劣らぬ強固な別の異論によって反撃されるような異論にはかかわらないことにした」「又その場合、出来る限り完全に成熟した判断をもって選択することが大切だ。そうしてもまだ私たちが誤謬に陥るとするならば、正当にとって、私たちは罰を受けることは出来まい。私たちに罪はないのだから。以上が私の安心の基礎となる不動の原則である」

神を信じるか信じないかの違いはあるが、実存主義の先駆を思わせるルソーの思想である。もともとルソーの自然宗教は、神を認めるが、奇跡や来世を信じる〈啓示の信仰〉ではなく、ノスタルジックな愛のようなものである。実存主義は、自己責任を強調して無神論を標榜する。もちろん、罪という観念も認めない。この違いは極めて大きい。ここでのルソーの記述は、実存主義ばかりか、デカルト主義的な論理的な雰囲気を持っていて、ルソーらしくないような感じがする。

いずれにしても、「私たちに罪はない」という記述が、私たちにとって、慰めとなり救いとなるのは、実存主義的な見地ではなく、ルソー的なエクリチュールの思想によってであるほかない。『エミール』の読者にとって言うまでもないことだが、「成熟」という言葉にルソーは特別の思い入れをこめている。

ついでに記せば、引用の文章の「意見」というところを青柳瑞穂訳は「感情」と訳している。日本語で読む限り、どちらかが誤訳であろう。手元にフランス語原文がないので、英訳を参照したら、opinion となっている。もし、英訳が正しいとすれば、青柳訳は誤訳に近いのではないか。

夢想③—4

「私の苦しい探求の結果はほぼ、後に「サヴォワの助任司祭の信仰告白」の中に書きとめたようなものであった。この作品は、現代の人々からは不当にも踏みにじられ、汚されたが、いつの日か人々のうちに良識と誠実が甦るならば、そこに革命を引き起こすかもしれない」

「後に」とあるが、この文章をルソーが書いている時点では、『エミール』は出版され、従って「信仰告白」も多くの識者に読まれていた。その書がもとでフランス政府から逮捕状が出され、逃亡生活の後、限られた友人のつてで、ようやくパリ郊外に最終の居住地を得て、周囲の監視が続く中で、書かれているのである。

自伝『告白』の草稿や、今書いている『夢想』の出版は、死後においてさえも、絶望的な状況であったから、彼の『エミール』にかける思いは並大抵ではなかったろう。「信仰告白」を含む『エミール』の内容について、ここで詳しくふれる余裕はない。骨子を言えば、彼の理論的な達成である『人間不平等起源論』以来のテーマ、自然状態と社会状態の対立とその克服を真正面から問い詰め、抽象的な論理でなく、具体的な状況の中でその有効性を徹底的に考究し尽した書である。

しかも、人間における思想的な危機の時期、今日的に言えば、青年と恋愛、あるいは、青春期と性の問題を直裁に論じたのである。思い切っていえば、この問題こそ、人間的な問題の主戦場なのだ。この試金石の場で破れる思想や哲学は、虚しい空論であろう。ルソーの今日における有効性は、いつにここにかかっていると言えよう。

「革命」という過激な言葉をルソーは使っている。事実、没後わずか十年のフランス革命での理念に影響を与えたルソー思想なのだが、おそらく、そうした社会革命をルソーは夢見たのではあるまい。精神の革命、つまり、彼の自然宗教を支えるエクリチュールの思想であろう。あえていえば、職業的あるいは趣味的に毒されない限りでの文筆の意義である。

引用文について付記しておけば、信仰告白するサヴォワ人助任司祭は、聖職者であるにもかかわらず未婚の女性を妊娠させ、そのため、僧職から追放され、刑罰を受けたとされる。もちろん、ルソーの創作である。

夢想③―5

「僕が清浄潔白であるということのみが、不幸の中にあって、僕を支持してくれているのである。この唯一の、しかも強力な資源を手放したら、邪悪を持ってそれに代えることになるのではないか？　他人を損なう術で、僕は彼らに追いつこうというのか？　よし僕がそれに成功したところで、僕が彼らになしうる害というものが、彼らの僕にする害を、どれほど軽減してくれよう？　僕は自尊心を失うばかりで、それに代わる何物も得ないことになるではないか」

回りくどい記述であろう。具体的には、おそらく主著『エミール』思想への非難についての論駁。自分がもっとも充実していた壮年時代の思想を放棄して、迫害者側の主張に妥協することの愚を記述しているのであろう。回りくどく表現をしなければ、ルソーの卓越した論理を辿れないことも事実なのだ。単純に結論が分かれば良いわけではない。

この文章で大切なのは、おのれの記述と著作への一貫した信頼の念であり、エクリチュールの精神を〈清浄潔白〉という簡潔な言葉で表現している。別の言葉で言えば、無垢とか、純潔と表現できよう。《書くという行為》が、それによって初めて絶対的な意味を持つこととなる。

いつもの今野一雄訳では、私には、意味が辿れなかったので、今回も青柳瑞穂訳を引用した。とくに「邪悪を持ってそれに代えることになるのではないか」のところが、今野訳は「それを邪悪な心にかえるならば、この上私はどんなひどい不幸に陥ることだろう」となっている。清浄潔白を放棄すること自体が、単純に別の思考を選択したのではなく、即邪悪とルソーは看做している。今野訳では、こうした論理を私には読み取れない。

夢想③―6

「このように、僕は我とわが身を説得することによって、陰険な論証のため、解明できない異論のため、僕の能力を、おそらくは人間精神の能力を超えるがごとき難問題のため、もはや、おのれのプリンシプルに動揺を起こすことはないようになったのである。僕の精神は、僕がそれに与える最上の強固な地盤に踏みとどまったまま、僕の良心の保護の下に、そこへ完全に居ついたので、新旧を問わず、いかに見知らぬ学説が現れても、もはや、僕の精神を動かすことも出来ねば、僕の静安を一瞬なりと乱すことも出来ぬのだ」(青柳瑞穂訳)

ルソーにおける典型的な、後の現象学を髣髴させる文章であろう。もともと現象学は、客観的な認識の根拠を意識の場で問い直す作業である。ルソーの根本思想が、社会状態に対する自然状態からの批評であるから、ラジカルな意味で、意識の場において共通している。「おのれのプリンシプル」とは、意識の場、つまりエクリチュールの場のことである。私は、あからさまに言えば、意識とは現実にはありえず、エクリチュールの、《書きつつ読むという行為》の意識の連綿を、なぞったフィクションと捉えている。意識は、ルソーの用語を使えば、「感情」のことである。その「感情」の真実性がルソー思想の生命線であろう。引用の文章も、客観性を装う理性に対して「感情」の真実性の記憶を対峙させている。その根底を支えるのは、いうまでもなく、自然のあり方としての自尊心である。「完全に居ついた」場所がエクリチュールの場である。ペンを執って書いているときにおける、ルソーの意識の真実性。

「意識へ立ち返る必要性を原理的に解明すること、この還帰の方途とその諸法則を明確かつ徹底的に規定すること、この還帰の過程で開示される純粋主観性の領域を原理的に限定し体系的に究明すること、これが現象学と言われるものである」（立松弘孝訳『フッサール・セレクション』八八頁）

夢想③—7

「こうした心境に落ち着きを得た僕は、自分のごとき境涯にあっては必要な希望と慰藉をそこに見出し、自己に対する満足を覚えるのであった。このように完全で、不易で、それ自らは悲しい孤独、今日の全ジェネレーションの常に敏感で能動的な憎悪、そのジェネレーションがたえず僕に浴びせる侮辱、もとよりこれらがときに僕を失意困憊の中に投げ込むことがないではないのである。ぐらついた希望が、悲観的な疑惑が、未だに時々戻ってきては僕の魂をかき乱し、悲哀で満たそうとする。このときである。僕自身を安心させるに必要な、精神活動が不可能になった僕が、自分の昔の決断を想起する必要のあるのは。すると、僕はいつでも引き出せるように預けておいた、配慮や、用心や、心の真実性が記憶に甦ってきて、僕に自己信頼の念を取り戻してくれる。このようにして、僕の静安を乱すばかりが能の、見掛け倒しに過ぎないいかなる新思想も、わざわい多い誤謬と同様、僕は取り合わないのである」（青柳瑞穂訳）

不本意にも長い引用となってしまった。前回引用の続きである。ルソーの文節は長くて、途中で切ることが出来ない。

特に付け加えるべきことはないが、晩年のルソーが、現実である監視の目と想像の被害妄想によって、絶望的な孤独状態に陥っていたことをひと時も忘れてはならないだろう。それが、不思議な附合と言おうか、極めて今日的なことである。ルソー的な状況は、現代的な孤独を先取りしている。

誠実に時代を生きてきて、リタイアし、悔恨に苛まれる年代にとって、晩年のルソーの記述は限りない慰藉を与えずにはいまい。実は、限られた年代だけのものではなく、どのような世代にとっても、ルソーの普遍性は、心を打たずにはいないはずだ。なぜなら、ルソー思想は、転ばぬ先の杖の思想ではなく、失敗したものの事後の慰めに真髄があると私は思っている。若者にこそ、多くの挫折があり、悔恨はある。エクリチュールの慰めは、誠実さによって普遍性を得るといえよう。

夢想③—8

「肉体によって目隠しされ、盲目にされていた魂が、肉体から脱却し、今ではヴェールなしで真理を見ることができて、我らの似非学者があのように得意がっている、あれらことごとくの知識の惨めさに気づくとき、魂はこの人生において、得ようと欲して失った数々の時間を惜しみ嘆くことであろう。それにしても、忍耐、温和、諦念、清廉、公平無私、人が自分だけで得られるところの、そしてたえず自分を豊かにすることの出来る善で、死といえども、われわれからその価値を奪い去る気遣いはないのである。実にこの唯一の有益な勉学にこそ、僕はおのれの残り少ない余生を捧げるのだ」（青柳瑞穂訳）

あらためて感嘆する、ルソーの論理の一貫性。魂と肉体、生と死についての記述であるが、いずれも自然状態と社会状態の対立の図式で貫かれている。過去の失意や現実の死の脅威の中で語られている。自分の体と情念が、まるで自分のものでないように振舞うのが青年期である。死は老人にとって日日の不安であり、手触りとしてある。そうした不条理なくびきからの解放をルソーは語っている。自然状態に戻ること。死を前にして、悪あがきをやめて自然の死を受容すること。理想的には、そのための精神的な余裕と叡智が必要であろう。
「我らの似非学者」は、おそらく、具体的な人物を想定している。親しく交友しながら、後に仲違した百科全書派のディドロやグリム（童話採集者のグリムではない）や哲学者ヒュームかも知れない。多くの人が、ルソーの誤解で、被害妄想であろうと書いている。自伝『告白』（特に第八巻）を読む限り、ルソーの才能は疑えないが、友人としてはなかなか気難しく扱いづらい。人格的な欠陥さえ見受けられる。しかし、それによって記述の論理と普遍性がほとんど損なわれていないと、私は思う。逆説的には、無謬性に無縁なルソーだからこそ、信用できるとさえ言えよう。心理的な軋轢がない人間に、どうして意識を《書く行為》にたどり着けようか。

書物を読むとは、まず、書き手である著者自身の意識になりきって読む、それが基本であろう。批判はそれからの作業だ。それは、現象学における、起源に遡って極め現実に戻る作業とも一致し、ルソーの言う自然状態に身を置き、社会状態に帰還する過程とも整合する。エクリチュール論の見地から言えば、ルソーの言う「感情」は意識と解せるとすでに書いたが、この引用での「魂」もまた意識であろう。従って、彼がここで挙げる五つの徳も意識の内面における気構えに違いない。

次回から「第四の散歩」である。

夢想④―1　リボン事件

「翌日は、この決心（うそをつくことへの反省―引用者挿入）を実行しようと歩き出したわけだが、考えて、まず第一番に胸に浮かんでくるのは、少年時代についた一つの恐るべき虚言のことである。その思い出は僕の一生を悩まし、こうして老年に至るまで、さなぎだにさんざ痛めつけられた僕の心を、今もって悲しませにくるのである。それ自体すでに大きな罪悪であったが、おそらくは、それから生じた種々の結果によって、いっそう大きな罪悪となったに相違ない」「僕がその虚言を言おうとしたときの心的状態のみを考えてみるに、その虚言は、あの意地悪な羞恥心の結果でしかなかったのである。そして、その犠牲になった少女を害する目的で発せられたどころか、僕は天の面前で誓うことが出来る、この抵抗しがたい羞恥心が、むりやり、僕に虚言を吐かせたその瞬間においてさえ、もしその結果を僕一人に向けることが出来るものなら、僕は喜んで身命をささげたろうと」（青柳瑞穂訳）

この恐るべき虚言について、自伝『告白』第一部第二巻（以下の引用は井上究一郎訳）に詳しく書かれている。そこにも「四十年の後までも、この良心は苦しめられ、呵責の念は、弱まるどころか、年を取るにつれて、ますますひどくなっていく」と書かれている。ルソー、十六歳の頃である。下僕として仕えていたヴェルセリス夫人が亡くなったとき、その遺産の中の「ばら色と銀色の、小さな古リボン」が紛失する。それがルソーの持ち物から見つかり、厳しくみんなの前で問い詰められる。そのとき、ルソーはとっさに「マリオンがくれた」と白状する。「マリオンは器量が良かったばかりでなく、山国でなければ見当たらない生き生きとした血色、特に遠慮深くておとなしい様子は、見るからに人好きのする娘だった」。実は、ルソーはひそかにこの料理女が好きで、彼女の歓心を買おうと、リボンを盗んで所持していたのだ。ルソーは頑として自分を押し通す。素朴な料理女の無実は認められない。とうとう決着が付かずに、二人は解雇される。「若い男を誘惑する目的の盗みであり、それにうそと強情とが加わるのだから、そんな悪徳のそろった女は、いよいよ救われないということになる」。「私があの娘に好意を抱くあまり、あのようなことが起こったのだ。彼女のことがいつも念頭にあった。まっさきに頭に浮かんでくるものを捉えて言い訳をした。自分のしたいと思っていることを、彼女がしたと言って、つまり自分がリボンをやりたいという意志を持っていたから、彼女がくれたと言って、罪を着せたのだ」。

自伝『告白』を書こうと思った動機の一つとして、このエピソードをルソーは挙げている。私は、この少年時代のエピソードを、読めば読むほど、深く考えさせられ、いつまでも不可解さが拭えないでいる。娘はみんなの前でこう言ったとルソーは記している。

「ああ、ルソーさん、私はあなたを立派な方だと思っていましたのに。ひどい難題をおかけになるのね。でも、私はあなたのような立場でなくて良かったと思います」と。

夢想④—2

ルソー少年は、リボン事件のとき、好きなマリオン嬢に罪を着せずに、自分の罪を認める勇気をなぜ示せなかったのか。晩年に近いルソーはそれが羞恥心だと書いている。単純には信じられない。すでに、ルソーはおのれの隠れた性向を知っている。彼は『告白』第一巻、つまり最初の段階で書いている。父が決闘沙汰で出奔した後、ルソーは叔父のつてで牧師ランベルシエに引き取られる。そこで牧師の妹ランベルシエ嬢の教育としつけを受けることになる。十歳のルソーはこの三十歳の未婚女性の体罰に、肉感的な悦びを感じるようになる。

彼は書いている。「苦痛の中、羞恥の中にさえ、肉感が混じっていることを私はすでに感づいていたのであって、同じ人の手でまたしても懲罰を受けるという恐れよりも、もう一度懲罰を受けたいという秘かな愉しみの方が、より多く私の心に残っていたのである。おそらくそこには早熟な性の本能といったものが混じっていたのであって、同じ罰でも、彼女の兄から受けたのでは、少しも愉しくは感じられなかったに違いない」（井上究一郎訳）

その後、「そうした小児への懲戒が、私の趣味を、欲望を、情念を、そしてこれからの生涯の私というものを決定した」とも書いている。ちなみに、彼女は、ルソーの態度に気づいて、以降、そうした懲罰行為を控えるようになる。幼くして、こうした感覚を持ったルソーが、自分が罪に陥れたマリオンの感覚をどうして辿らないでいられれようか。ここでは、懲罰事件とは反対に、マリオンの感覚を愉しむルソーが、姿を現しているはずだ。もしかしたら、マリオンが言ったというセリフ「ああ、ルソーさん、私はあなたを立派な方だと思っていましたのに。ひどい難題をおかけになるのね。でも、私はあなたのような立場でなくて良かったと思います」と同じようなセリフを、十歳のルソーは、懲罰するランベルシエ嬢の前で、言ったのではなかったか。そうしたルソーの感覚が、羞恥心に秘められていると私は見たい。そうでなければ、『告白』で書いた事件を、さらにこだわった事情がすっきりとしない。しかも、後にふれるように、（ルソーは）発言はその結果によって批判すべきではないと書いている。

私たちが読んでいる『夢想』の記述に戻れば、このリボン事件について、ルソーは、次のように総括して、一応区切りをつけている。「その後は生涯を通じて、かえってこの恐怖が僕の心にこの悪徳を防いでくれる結果になったのである」（青柳瑞穂訳）と。

夢想④―3

ルソーの記述という一線を超えて、私は語っているかもしれない。ルソー少年による、マリオンへの卑劣な行為は、陵辱である。陵辱を定義的に言えば、一方の性的な快感が、たとえそれが微弱であれ、相手方のトラウマの直接的な連鎖をなすことであろう。機会があったら後にも触れたいが、文学と陵辱との関係は、ある本質的なものを含んでおり、いくらでも例を挙げることができる。ルソーは、一種独特な形で、マリオンの純潔を汚したのである。

ルソー流に言えば、純潔は自然状態であり、陵辱は社会状態である、陵辱があって初めて、純潔は意識されるのだ。そうした意味で、陵辱よりも純潔が根源的であり、キリスト教的神話から言えば、楽園喪失以前の状態と言えよう。処女懐胎のマリア信仰とマリオン、フランス語の綴りはMarionである、おそらく仮名であろう、考えさせられる。

陵辱と文学は深くかかわっていると書いたが、真実は、純潔とかかわっている。エクリチュールの思想は、キリスト教的な神の前での潔白を淵源としている。《書くという行為=エクリチュール》は、本質的には、読みつつ書くという継続行為である。書くとは、表現することである以前に、書く行為によって、書かれたもの以外の意識を切り捨て抹殺する行為である。ペンが剣であるとすれば、殺害行為である。それによって、ようやく、エクリチュールが表現へと至るのだ。象徴的には、純潔は未だ書かれていない、エクリチュールの白紙である。書かれてしまえば、その象徴性は失われる。言うまでもないが、陵辱は女性を暴力で性的に犯すことである。

晩年のルソーがリボン事件にこだわるのは、彼の思想が内包しているエクリチュールの思想が、そのように無意識のうちに導くのであろう。

夢想④――4

「こうした難しい道徳上の問題においては、私はいつも理性の光に導かれるよりは、良心の啓示に導かれてそれを解決する方がうまくいくのだった。道徳本能はかつて私を欺いたことがない。それは今でもその純粋性を失うことなく、私の心情に宿っている。私は安心してそれに信頼することが出来るし、たとえ私の行動においては、時にそれは情念の前に黙することがあっても、私は思い出においてはいつも再び情念を支配することになる。そのとき私は現世の生活の後に至高の審判者によって裁かれるときとおそらく同じくらいの厳しさを持って私自身を裁く」（今野一雄訳）

すでに私は、ルソーの用語「感情」や「魂」は、意識の内側のことであると書いた。ここで言う「道徳本能」を理性との関係で、対立的に捉えるのは奇妙に思える。「道徳本能」も意識の内側という点で同一と捉えてかまわないのではないか。意識は、エクリチュールの読む行為の類推によるフィクションであって、決して実体をなすものではない。マクロな観点から言えば、ロゴスである理性は、社会的な合意の基礎、つまり社会状態である。一方、感情である意識は、理性と対立する自然状態なのだ。ルソーの根本思想から言えば、自然から社会へと一貫した流れを捉えることに主眼が置かれる。もちろん、前提として社会状態の中での軋轢によって、自然状態という本来のあり方をルソーは見出したのだから、社会から自然へという遡る流れがあって、それをナチュラルに引き返す過程なのだ。

すでに書いたかもしれないが、根源にラジカルに遡るという現象学的方法の先駆をなしており、両者に共通するのは、ルソー思想にもフッサール現象学も、読みつつ（収斂）書く（拡散）というエクリチュールの思想が暗黙のうちに含まれているからである。その遥かなる淵源は、単に一般的に書物を読むという行為であるよりも、福音書を読むという極めてキリスト教的な文脈において理解すべきだろう。

引用の最後の一節は、それを物語っている。ここでの引用で、特にこだわりたいのは、思い出（青柳訳では追憶）において情念を支配するという考え方である。端的に言えば、「道徳上の問題」とは、意識の本性からいえば、事後の問題である。意識は、必ず記憶と結びつく限り過去であり、事後であるほかない。長短の違いがあるが、一定の間隔あるいは期間を前提としている。その期間をルソーは『エミール』において、情念（性愛・権力欲・所有欲・エゴイズムなど）を調教する成熟期間と捉えた。ここでも自然思想が貫かれている。

夢想④—5　理性について

参考までに、理性についてのルソーの見解を以下に記しておこう。自伝的作品『告白』の記述における、ある著作についての辛らつな批評の一部である。

「実行不可能というのは、人間は情熱よりも理性の光によって導かれるという考えから、著者が一歩も抜けることが出来なかったからである。彼は近代知識を高く評価するあまり、完成された理性という誤った原理を採用し、その理性を彼の提唱するすべての制度の基礎とし、その政治的詭弁全体の拠り処としたのである。この世にも稀な人、その時代とその同胞の名誉であり、人類始まって以来おそらくただ一人理性に対する情熱のほか一切の情熱を持ち合わせなかったというこの人物は、しかしながら、人間を現在あるがままに、又将来も続けてそうあろうように見ないで、人間をみな自分と同一視したために、その全体系にわたって誤謬から誤謬へと進むしかなかったのである。彼は同時代人のために思索していると思っていたが、実は架空の人間のために思索していたに過ぎない」（桑原武夫訳『告白（中）』第二部第九巻・岩波文庫二二四頁）

ルソーが、理性なるものを冷めた目で、現実的に、現象学的に見ていたことを証明する一文であろう。いかにもルソーらしい表現で、的確に捉えていると思われる。

夢想④—6　余談

唐突な余談かもしれないが、サン-テクジュペりの『星の王子様』のエピソードを思い出した。王子様が砂漠狐から聞き出す叡智は、アプリボアゼ apprivoiser（「飼いならす」意味のフランス語）という言葉に集中されている。人が、対立し困難に立ち向かう場合、お互いの相違を前提にして、努力して合意を導き出す思想である。この作品にはルソー的な叡智の発展形態があると私は思っている。ルソー思想に努力の観点が比較的希薄なのは、ルソー特有の内気なはにかみから来ている。もちろん、ルソーとサン-テクジュペリとでは、時代の逼迫さに大きな隔たりがある。どこかルソーには、牧歌的な側面を残している。

『星の王子様』を読んだ後の、一抹の寂しさは、この作品が身にまとっている、思い出というものの切なさであろう。エドガー・アラン・ポオの長大な詩的詩論『ユリイカ』も、収斂と拡散の弁証法という論理形式を取りながら、実は、追憶という抒情によって覆われていることを忘れてはなるまい。彼は〈宿命の思い出 memories of a destiny〉という言葉で、それを表現している。この作品こそ、ダンテの『神曲』の近代版であろう。両者はエクリチュール思想のマニフェストと私は捉えている。

ルソー的な反省は、キリスト教的信仰という倫理的枠組を取り外せば、そのまま追憶的な抒情、つまり、郷愁へと文学的道を切り開くこととなる。必ずしも、ルソーは郷愁を意識しているとはいえないが。私は、プルーストの大作『失われたときを求めて』をそこに位置づけたい。懐かしさは、文学とエクリチュールの本質に属する。

夢想④—7　情念について

情念についても、次のようにルソーは書いているので、参考までに掲げておきたい。引用では欲望と書かれているが、情念と見て間違いない。

「打ち勝たねばならぬ欲望がすっかり出来上がってしまってからでは、よほど全うな人間でもこれに抗することは無論至難の業である。それよりも、その欲望の源まで、もし遡れるのなら遡って、そこでこのもろもろの欲望を予防し、変更し、修正することだ。人間は誘惑を受けても一度は抵抗する。そのときは強いからだ。二度目には負ける。もう弱くなっているからだ。もし前と同じでいられたら、負けはしなかっただろうに」(桑原武夫訳『告白(中)』・岩波文庫二〇三頁)

ここでも、起源に遡る観点が貫かれており、現象学的であるが、現象学が学問的な方法であるのに比べて、適用の範囲が広く、現象学を超えて、一つの思想にまで高めている。もちろん、それは両者に共通の淵源であるエクリチュールの思想から来ている。あえて言えば、現象学は、ルソー思想の一部を切り取ったものとさえ言えよう。だが、フッサール現象学がそのつつましいあり方に留まるならば、エクリチュール思想の精髄であろう。おそらく、広い意味での唯物論哲学へのもっとも強力な反論を内包している。

夢想④―8　ディドロ

「人々の言葉をそれが生み出す結果によって判断することは、しばしばその評価を誤らせることになる。その結果は、常に目に見えるものではないし、容易に知られるものではないということのほかに、それはその言葉が述べられる状況次第でいろいろに変わる。人の言葉を評価し、その悪意あるいは善意の度合いを決定するのは、結果ではなく、その言葉を述べる人の意図があるときだけである」(今野一雄訳)

結果良ければすべて良し、という極端な結果主義への反論だけではない。資本主義社会では、結果主義は世間にまかり通っているのであるが。それ以上に、ここでのルソーの言葉は大きな意味を持っている。ルソーの、百科全書派のディドロとの仲たがいの原因が、ルソーの誤解だとか、神経質なルソーの猜疑心だとか、一般に受け取られているようだが、『告白』第八巻を読んで、ようやく、すっきりしたように、私は感じている。

以下その箇所を抜書きしてみる。下世話な問題の様相を呈しているが、二人の思想上の対決として読み取れる。ルソーは、フランス国王からの年金支給にしばらく曖昧な態度を取り、ついには断ることとなる。ルソーの収入不安定からくる貧窮をつぶさに見ていたディドロたちは、意地を張らないで家族のために受け取るべきだと働きかける。

「彼（ディドロのこと）は例の年金のことを熱心に語った。哲学者ともあろう者がそんなことにこれほど熱を上げようとは夢にも思わなかった。私が（国王への）拝謁を断ったのはとがめなかったが、年金を無視したことを激しく非難した。自分ひとりのことで欲がないのはいいとしても、テレーズ親子のことまで無欲なのは許しがたい。二人にパンを与えるために、正当なあらゆる手段を利用すべきだ、というのである」「その熱意には感動したが、彼の方針を認めることは出来なかった。で、この問題を巡って、二人の間に激しい論争が生じた。これがディドロとの最初の衝突である。彼のほうで私の義務と思うところを押しつけてくる。こちらはそれを義務とは考えないから、反対する。私たちの口論は、いつもこういった種類のものだった」（桑原武夫訳『告白（中）』岩波文庫・一六三頁）

このような事態は、現代的な問題である。いただけるものは、いただき利用する、それは虐げられた者の当然の権利だというのが、ディドロたちの論法である。それを受け取らないのは義務違反ということになる。家族を養うのも義務、そのために年金を受け取るのも義務ということになる。こうした論理は、自然な関係ではなく、社会的な関係だけに通用する。ルソー主義とディドロたちの論法が真っ向から対立したのが、手に取るように分かる。ルソーの周辺には妻テレーズの親族がわんさと押しかけていて、ルソーは彼らを養わねばならなかった。テレーズの母親は大変なしたたか者で、ルソーに内緒で、ルソーへの届け物などを受け取り、陰で暗躍したようである。この女がディドロたちに泣きついていたとも考えられる。ルソーはフランス国王から年金を貰うことによって、思想と自由の拘束を恐れたのだ。情念である金銭欲がもたらす結果を誰よりも熟知していたといえよう。ちなみに、ルソーの国籍は、ジュネーブ市民であって、フランス籍ではない。

夢想④―9　翻訳について

夢想③―3において、青柳瑞穂氏の翻訳について、疑問を書き、今野一雄氏の訳を掲げた。今野訳で「意見」とあるところを、青柳訳では「感情」と訳されている。ようやく注文していたフランス語原文が届いたので、紐解いたところ、sentiment（サンティマン）となっていて、手元の辞書によると、「①感覚力・意識・自覚　②感情・気持・愛情　③所感・意見」とある。さらに、「④（猟犬の）獲物を嗅ぎ出す力」とあって、驚いた。文脈から言えば、判断の基礎を問うていて、感覚か、理性的な判断かについての考察である。ルソー主義から言えば、当然、前者に優位を与えるのだが、「感情」は日本語的には、ルソーの言う「情念」に近く、否定的な印象が強いばかりでなく、感覚的ニュアンスがあまりに強すぎる。そこで今野訳は、苦肉の策として、英訳opinionにもなじむ「意見」にしたのであろう。こうなると好みの問題であろうが、私は、日本語としてこなれていないが「感情」の方を採りたい。確かに、適当な日本語は見当たらない。そんな場合、不自然でも、注を付すか、直訳に近いものが良いと思っている。辞書にはないが、個人的には、ベルクソン用語の直観に近いのではないかと思っている。

それよりも面白いのは、偶然知った④の意味である。猟犬が獣の足跡を臭覚頼りに追うというイメージだが、これは書物を読むときの意識と極めて似ている。Sentimentと意識の連綿との関係を論ずるのに、エクリチュール論の観点から興味深いことだ。すでに書いたが、私は、意識について、書物を読む感情の連続から来る架空の像と捉えている。

夢想④―10　自己愛

「その人の精神においては、正義と真実とは二つの同意語なのであって、彼は平気でそれらを混用する。彼の心が崇拝する神聖な真実とは、どうでも良いような事実や、無用の名称にあるのではなく、すべての人に実際にかかわりのあることで、善いことや悪いことを言う場合、名誉や不名誉、賞賛や非難を与える場合など、語るべきことを忠実に語るということにあるのだ。彼は他人を損なうために偽るようなことはしない。なぜなら、彼の公正な心はそれを許さないし、彼は正義に反して人に害を与えようなどとは考えないからだ。また自分の利益のために偽ることもない。なぜなら、彼の良心はそれを許さないし、彼は自分のものでないものを自分のものとすることは出来ないからだ。彼が何よりも心がけているのは自分自身の尊敬を勝ち得ることだ。それがどうしてもなくては済まされない財宝なのであって、それを失うことによって他人の尊敬を勝ち得るなどということは、彼にはまったくの損失と感じられるのである」（今野一雄訳）

文章の切れ目が見つからず、また長い引用となってしまった。だが、こうした文章こそが、ルソー的な思想を表現するのに、適しているのであり、彼の文を読む醍醐味の一つなのであろう。じっくり読めば、翻訳を通してさえも心に染み通ってくる。書き写していると分かることだが、ルソーが、この文を書いている意識の繋がりを、心に留めながら読むことが必須であろう。彼はそれに既成の概念を当てはめるのではなく、おのれの意識を読み取り忠実に描き採るルソーは天才なのだ。さもないと、桑原武夫のようなルソー学の大家でさえも、ルソーを捉え損ねるという、とんでもない事態を招きかねない。彼の『文学序説』を読むと、エクリチュールの観点のない知識が、自然と社会の自然な弁証法を、無意識のうちに社会状態を足場にして、ルソーを断罪するというディドロ的な間違いを犯すことが分かる。まさに、それはルソーが全身全霊で闘った敵側の論理である。

ここで注目したいのは「自分自身の尊敬を勝ち取る」という文章だ。これはいわゆる自尊心ではない。自然な自己愛のことである。観念化したエコイズムではない。社会的な観点から貶めた自己愛ではない。この言葉を捉え損なったら、ルソー思想はいっぺんで瓦解する。こうした自己愛こそ、ルソーの最後の砦なのだ。だれしも、こうした自己愛は、基礎的に持っていると思われるが、それは生きながら、自然に学び取り確立されていく自己なのだ。それが難しいのが現代なのだが。おそらくルソー思想で、当たり前だとして、もっとも忘れなされる点であろう。

夢想④―11

「私は規則によって行動したことはあまりない、というより、どんなことにおいても自分の天性の衝動のほかには規則というものをほとんど知らなかったのだから。私は初めから嘘をつこうと考えて嘘をついたことは決してないし、自分の利害を考えて嘘をついたこともない。それでもしばしば嘘をついたのは、気恥ずかしさのため、または、どうでも良いようなこと、あるいはせいぜい私一人に関係したことで、当惑を免れるためであった。そういうときには、やむなく、いい加減なことを持ち出して、何か言う必要を満たしていたわけである。どうしても何かしゃべらなければならない場合、本当のことで面白いことがうまく頭に浮かんでこなかったとき、私は黙ったままでいないようにするために、作り話をする。けれども、そういう作り話を考える場合には、それが嘘にならないように、つまり、正義や当然語るべき真実を傷つけないように、又それが自分にも他人にも一切利害のない作り事に過ぎないものとなるように注意する」（今野一雄訳）

こうした文章を読むと、いかにルソーが幼い子供たちの心を熟知し、また、老年に至るまで童心を持ち続けていたかが分かる。これは、子供の一般的な心理である。「天性の衝動」といえば、私たち大人は必ず性欲を頭に浮かべるだろう。そうした意味で、性欲一元論を展開したフロイト精神分析は、大人の足場からエディプス期へ、つまり、社会状態から自然状態へと、社会状態を求めて遡行する心理学であり、ルソー主義の真逆である。教条的なフロイト主義者は、おそらく、子供の精神分析において、多くの困難にぶつかるだろう。

冒頭に戻ろう。規則によって行動をしないという意味は、エクリチュール論にとって、極めて大きい。既成の概念思考や修辞的な言語操作を拒否することである。便利な教訓やスローガン、わざとらしいモットー、家訓、鵜呑みの社会通念を信用しないことである。つまり、裸のままの意識、ルソー用語から言えば、感情を見出し、それをそのまま描くことなのだ。それがいかに難しいか、少しでも文章にかかわった者なら分かるはずだ。ルソーはエクリチュールの象徴的な白紙をこれによって獲得したのだ。ここでは、天性の衝動は自然状態、規則や嘘や利害は社会状態。気恥ずかしさや当惑は、両者の突然のぶつかり合いである。外傷的で先鋭的な衝突は、陵辱である。従って、すでに社会化した自我には、陵辱はない。ここからも、ルソーのはにかみは、一人彼だけのものでなく、エクリチュール思想の要の位置にあることが分かる。

夢想④―12

「会話の進行は僕の考えの進行よりも迅速なものだから、いきおい、いつも考える前に話すことになって、うっかり、馬鹿なことや、へまなことを言ってしまう。もとより、それらが口から飛び出るに従って、僕の理性は不可とし、ぼくの心は否認するものの、僕自身の判断の先を越しているので、いまさら、判断の検閲によって矯正するわけにはいかぬのである。

この最初の、抵抗すべからざる気質の衝動のため、とっさの間に、羞恥と内気が、じばしば、いやおうなしに嘘をつかせるのである」（青柳瑞穂訳）

思いがけなく、この平易な記述は深い意味を持っているように思われる。エクリチュールの《書く行為》は、常に潜在的な《読む行為》が先行しており、もっぱらエクリチュールはその両者の齟齬の反復を動力としている。ところが、日常会話は、反射的かつ瞬間的な行為であって、エクリチュールのような弁証法に依存しない。エクリチュリストに瞬発力を求めるのは、彼にピエロの役割をあてがうに等しい。労せずして笑いものとなる。彼にとって、会話能力の欠如が、もっぱら、彼のエクリチュリストとしての能力である。言葉を換えれば、羞恥心と内気は、ルソーの能力の源泉なのだ。

ついでに言えば、スピードはエクリチュールの反対の極にある。それは目をつぶることであり、スピードから創造的なものはなにも生まれない。シュル・レアリスムの自動記述は、エクリチュールの解体を夢見る点で、依然としてエクリチュールの範囲内にある。逆説のエクリチュール思想の根は深い。エクリチュールを受け入れられるほど、エクリチュール思想の根は深い。

夢想④—13　捨て子事件（一）

「F氏に招かれて、妻と同伴で、同氏、およびB氏と一緒に、ピクニック風の食事をしに行ったことがある。料理屋のYお内儀さん（おかみさん）の家であるが、この女と、その二人の娘も僕たちと一緒に食事をした。食事の中ごろになって、最近結婚したばかりの、妊娠している姉娘が、僕は子供を持ったことがあるかどうかと、こう藪から棒に、僕をじっと見つめながら質問したのである。僕はその幸福を持たなかったと、耳から赤くなって、答えた。彼女は一座を見渡しながら、意地悪そうに微笑んだ。万事は曖昧どころではなく、僕さえよく分かった」（青柳瑞穂訳）

ルソーは、内妻テレーズとの間に五人もの子供をもうけ、そのいずれも捨て子した事件は、自伝『告白』に書かれているが、出版は死後であるから、当時は風評で伝わった。テレーズも当時は正式の妻として認知していなかったと思われる。晩年の著作であるこの『夢想』においても、さらにルソーは記さざるを得なかった事件である。すでに取り上げたリボン事件と並んで、いわゆる「捨て子事件」は、ルソーの思想の核心を物語っている。ルソーがそれを書くこと自体、なんという悲劇であろうか、なんという報復であろうか。この文章を読む私たちでさえ、顔を赤らめずに読めないのではないか。ルソーとは、誰しもそうあることを欲しない宿命的な、悲劇的ですらある感受性を生きることなのだ！　残された道は彼にとって、エクリチュールの道を歩むほかなかったに違いない。

後にやや詳しく、触れるつもりだが、ここでは、有名人ルソーの捨て子事件は、周知のスキャンダルであることのみを留意しておこう。それも、捨て子の母、つまり妻のいる前で、妊娠に勝ち誇った娘が、これ見よがしに、ルソーの事件の不道徳を衆目にさらしたのである。すでに事件は暴露されていたというのに。

そのとき、とっさに無礼な女をたしなめられなかった返答として、ルソーは書いている。

「独身のまま年老いた男に向かって、若いご婦人がそのような質問をなさるとは、ちと慎みが足りなくありませぬか」と。

求められた、その場の返答であることを超えて、エクリチュールが成熟の思想であることを簡便に物語っている。

夢想④――14　捨て子事件（二）

ルソーの捨て子事件をどのように捉えるかは、ルソーとその業績を知る上で、極めて重要な課題である。少年時代のリボン事件は、彼の個人的な道義の問題であり、彼が告白しない限り、人に知られることはなかったであろう。それに引き換えて、ルソーの名声が確立して、時代の寵児でさえあった時期に、暴露され、世の厳しい指弾を浴びたスキャンダルであった。しかも、ルソーはことの重大さをしばらく理解出来なかったふしがあり、ふいをつかれたというか、防戦一方に回った感がある。さまざまなルソー論において、それぞれに取り上げられている。ただ、事の真相の第一歩は、あらゆる証言の前に、まずルソー自身の弁明をいかに聞くかにかかっていよう。自伝『告白』第二部第八巻を読んでみよう。

「私は、自分の子供たちを自分で育てることが出来ないために、これを公教育〔孤児院〕に託し、放浪者や山師よりも、労働者や農民になるようにしておけば、それで公民として父親としての行為にそむいてはいないと信じ、自分をプラトンの共和国の一員だと考えたのだ。それ以来、一度ならず、私の心にわいた後悔は、私の過ちを教えてくれた。だが、私の理性はそのような警告を発しなかった。それどころか、かえって私は、あのようにしたことによって、子供たちをその父の運命から彼らを守り、また私が彼らを捨てなければならなくなったとたんに襲いかかるであろう運命から彼らを守ることになったのを、しばしば天に感謝したのである。友情や情けや、またはほかの動機から、エピネー夫人やリュクサンブール夫人が、そのうち子供たちを引き取ってあげたいといってくれたが、たとえそうした人たちに預けたところで、それだけ彼らが幸福になったであろうか？　少なくとも恥ずかしくないだけの立派な人間に育てられたであろうか？　それはわからない。ただ私に確かなことは、彼らが両親に反逆するように、導かれたであろうということである。それなら、かえって両親を知らなかったほうが、どれだけ良いかわからない。

それで、三番目の子供も、初めの二人と同様に、孤児院に入れられた。次にできた二人の子供もやはり同じだった。つまり私はみんなで五人の子供を持ったのである。この処置は、非常に良いことであり、思慮にも富み、正当でもあると私には思われたが、口幅広く自慢しなかったのは、ひとえに母親への配慮からであった。だが、私たち二人の仲を公表していた友人知己のすべてには、その話をした。すなわちディドロにも、グリムにも話したし、その後エピネー夫人にも、さらにその後リュクサンブール夫人にも話した。それも、自由に、率直にであって、なんの必要に迫られたわけでもなかった。隠そうとすれば誰にでもわけなく隠せたのだ」

（井上究一郎訳『告白録』河出版世界文学全集三五七頁、桑原武夫訳『告白（中）』岩波文庫一二八頁）

夢想④—15

本を読む第一歩は、あらゆる先入観を排し、著者が書いた意識のままを、内側から、努めて辿らねばならない。まして、ルソーを読むというのは、極めて党派的な作業なので、必須であろう。ある意味で、ルソーは自分の記述を読む読み方を、読者に指定している。これが現象学的な読み方なのだ。批判的に読むとすれば、その作業はその後である。

まず、妻テレーズの観点から、この文章を読んではならない。二つ目は、捨て子事件を道徳的な嫌悪感で、当初から断罪してはならない。

彼と妻テレーズとの関係は、当初から対等なものではなく、内縁関係（晩年、正式に結婚する）であり、極論すれば、売春婦を忌避した性欲の捌け口であった。ルソーは「私は決して彼女を捨てないが、また結婚する気もないことを前もってはっきり知らせておいた」と『告白』において書いている。今日的な観点から批判するのはたやすい。当時において、ルソーの態度は、良心的なものであったことは疑い得ない。後に悩みの種となるが、食い扶持を求めてテレーズの親族・居候がわんさと押しかけて、実際、彼らを養う羽目となる。フランス革命以前のこの国の階級社会を考慮すれば、ルソーの猥雑な貧窮と高邁な理想の乖離は悲劇的な状況にあったといえよう。また、そうした状況の解決の手段として、孤児院の前に捨て子するというのは、庶民階級のありふれた手段であった。捨て子が一般に知られない限り、テレーズの感情を除いて、ルソーはほとんど心のやましさを感じなかったであろう。ところが、有名人のスキャンダルは、パリ中を席巻した。ルソーの怒りは、うわさの元となったと思われる親友たち（ディドロやグリムなど）に注がれた。彼は信義を裏切られた、罠にはまったと感じたのだ。ルソー流に言えば、信頼という自然な状態が、社会的世俗な関係によって汚されたのである。

私は、彼を弁護しているのではない。彼の意識を読み取るという作業の重要性を強調したいだけである。彼から学ぶことがあるとすれば、それ以外にはありえない。ルソーは欠点だらけの弱い人間なのだ、愛すべきとは言わない、それが人間であるという意味で。しかしながら、事件が、エクリチュールの脱モラル化の一つの契機を示していることも事実であろう。意識の継続とエクリチュール概念の形成に、アイデンティティーとしてモラルが果たした役割は、途方もなく大きい。
ちなみに、引用文のエピネー夫人とリュクサンブール夫人は、ルソーの庇護者に当たる高級貴族である。プラトンの共和国とは、プラトンの『国家論』から来ているが、ここでは、単純に良心との対比で、理性の国と考えて解釈できる。『新エロイーズ』で描かれたように、単純労働者や農民生活を理想化して考えるのは、ルソー主義の特徴である。それに引き換え、虚飾の貴族階級と都市生活に寄生する放浪者・ルンペンプロレタリアートを嫌悪していた。

夢想④—16

「自分の誤謬を矯め直し、自分の意志を紀律の中に戻すためには、少なくとも、遅すぎるということはないだろう。なぜなら、今後のことは、一切が自分にかかることばかりだからだ。だから、このようなこと、および、これに似たあらゆることにおいて、ソロンの格言は老若を問わず万人に通用するのである。しかして、賢明であること、謙虚であること、自惚れを少なくすることを学ぶには、よし敵から学ぶにしたところで、遅きに過ぎるということはあるまい」（青柳瑞穂訳）
予定より長引いてしまった。「第四の散歩」も、終わりにさしかかった。古典ギリシア初期の賢人ソロンの格言は「われ常に学びつつ老いぬ」。コメントはいらないだろう。ただ心に深く銘記すること。賢明であること、謙虚であること、自惚れないこと。老い先短い自分にもっとも欠けていることだから。老人の反省は、人によく思われたいためではない。ひたすらおのれのためなのだ。「規則によって行動したことがあまりない」と書いたルソーが言っているのである。信用することにしよう。

　実は、数日前、私のことで、自分を偉いと思っているると発言した若い男の話を人づてに聞いた。なかなか根性というのは直らないものだが、この若造の人間性にも問題もあるのではないか。鸚鵡返しにモットーを自分に適用して恐れ入ることもあるまい。とはいえ、はたから見て、鼻持ちならない自惚れ男がいるのも事実で、自戒するにこしたことはない。ルソーの教訓めいた教えを、老いては、むやみに直ちに反応しないことくらいに解しておこう。

　最近、量子論の平行宇宙論の入門書を数冊読んだ。人はさまざまな可能性をそれぞれの宇宙に生きている。その中の一つを意識しているに過ぎない。それぞれの可能性は、今を生きている。ただし、二つ以上を平行して、意識することはできない。賢明である自分、謙虚である自分、自惚れない自分が、私と平行して、隣の宇宙で生きているのかも知れない。もしかしたら、永遠を生きる自分もいるかも知れない。私はこの世だけと信じているのだから、その逆の世界も存在するかもしれない。もし、そこへの何らかの架け橋がないとしたら、平行宇宙論などなんの意味もない。

夢想⑤—1　サン・ピエール島（一七六五年秋）

「僕はこれまで住んだあらゆる土地の中で（そして僕も快適な地に住んだことはあったが）ビエンヌ湖中のサン・ピエール島くらい、僕を真に幸福にし、そしていつまでもそこを懐かしむ情を残した土地はないだろう。ヌーシャテルでは、土地の人から土くれ島と呼ばれているこの小島は、スイスでさえもあまり知られていない」（青柳瑞穂訳）

『孤独な散歩者の夢想』の中でも、名高い「第五の散歩」の冒頭の文章である。比較的短い章なので、全文を熟読することが望ましい。もっとも美しいヨーロッパ散文と評価されてもいる。名文は自分で読んで鑑賞すれば良いのだから、ここでは少し変わった試みとして、自己にひきつけて書いてみたい。

原則として地図は掲げないつもりなので、地図を言葉で描写することになるが、簡単にサン・ピエール島の位置を確認しておこう。ところが、ビエンヌ湖もサン・ピエール島もスイスの地図をいくら探してもない。ルソーはこんな風に書いている。

「ほとんど円形を成しているこの美しい湖水は、その中央に、二つの小さな島を浮かべている。一つは、周囲約半道の、人の住んでいる、耕作された島である。他の島はもっと小さく、人も住んでいず、まったくの荒蕪に帰している」（青柳訳）。

ビエンヌ湖は、現在のビール湖のようである。しかし、地図で見る限り、円形でもないし、湖中に島などない。事情はよく分からないが、ビエンヌ湖がフランス語で、ビール湖がドイツ語の名前のようである。ビール湖がビエンヌ湖に間違いないようだ。小さな島なので、すでに湖に水没したか、埋め立てられ陸地化してしまったのであろう。今日、細長いビール湖自体が当時は丸かったことも考えられよう。ただ、ルソーが湖を円形と思い、そこに浮かぶ小島を至福の島と思ったことは記憶にとどめておこう。野蛮な迫害者に文字通り石を持って追われて、追い詰められるようにして、渡った島がサン・ピエール島なのだ。滞在わずか二ヶ月。死の二年前、六十五歳のルソーは、十三年前の体験を懐かしんで、パリでこの「第五の散歩」を書いている。このことも留意しておこう。

夢想⑤―2

「石を投げつけられて、モティエから追い出され、僕が逃げ込んだのが、この島だったのである」「せめて人々が、この逃げ場を、僕の永久の牢獄にしてくれるよう、一生、人々が僕をここに閉じ込めるよう、僕からあらゆる権利を奪い、ここから出る希望を絶って、人々が僕に大陸とのあらゆる種類の交通を禁じてくれるよう、そうすることによって、世界のことごとくの事情を知らなくなった僕が、世界の存在を忘れてしまうよう、人々もまた、僕自身の存在を忘れてしまうよう、僕はひたすらそれのみを念じたほどだった」（青柳瑞穂訳）

一七六二年六月、パリの高等法院は、『エミール』出版のかどで、著者ルソーに逮捕状を発令する。ルソーは、パリ近郊の居宅から、逃亡して、スイス領を転々と移り住み、そこからも追われて、プロシャ領のモティエ村にいったん落ち着く。だが、ルソーへの民衆の怒りは、ついに暴徒化する。頼みの故郷ジュネーブやベルヌにさえも見棄てられる。いや、スイス諸都市は、フランス以上にルソーを嫌悪したのである。ルソーは『告白（下）』で書いている。

「騒ぎはいっそう激しくなり、王の度重なる勅書や、参事会のしばしばの命令、さらには、城代や土地の役人の配慮にもかかわらず、人民は私を本気でキリストの敵と考え、いくら騒いでも無益なのを見て、とうとう暴力を振るおうとするまでになった。すでに道路で私の後ろに小石が落ち始めたが、遠くから投げているので私まで届きはしない。九月の初めのモティエに市が立つ夜、私はついに在宅中を襲われ、住んでいる者の生命の危険にさらされることとなった」（桑原武夫訳・岩波文庫・二二一頁）

確かに、今日読んでも『エミール』で展開されたルソーのキリスト信仰は、独自な宗教観に貫かれていて、正統派のキリスト教とははなはだしく乖離している。もちろん、僧職権力の扇動はあったであろうが、保守的な庶民層にも激しく抵抗される要素を含んでいた。逆にプロシャ王やリュクサンブール公など一部の貴族権力者が庇護したのが、興味深い。

逮捕状が出る前から、ルソーは、友人知人、庇護者の貴婦人たちと絶縁状態となり、孤立を深めていた。ある意味で、湖の小島へ行き着いたのは、一つの思想的な決着、行き着くところでもあった。彼の論理からすれば、自分はこんなにも良心的で社交を愛するように生まれてきたのに、社会の方から一方的に、彼を拒絶して切り離したということになる。ある種の純粋な自然状態に至ったといえよう。現象学的に言えば、エポケー、あるいは、人間存在の起源にラジカルに戻されたことである。

夢想⑤—3

「急に思い立って、ただ一人、まったくの手ぶらで移り着たこととて、後から順々に、家政婦を呼び寄せたり、書物や什器を取り寄せたりしたわけだが、さりとて、それらをなにひとつ荷解きなどしないのが、僕には楽しかった。箱も行李も着いたままにほっぽらかして、己の終焉の地と決めているその住まいにありながら、明日には出発するはずの宿屋にでもいるような気持ちだった。あらゆる物はあるがままにあって、それが実に都合よくいっているので、それをより良く並べようなどしたら、そのどこかが損なわれるほどだった。僕のもっとも大きな愉楽の一つは、とりわけ、書物などは、相変わらず箱に入れっぱなしで、物を書く道具も手元にないということだった」（青柳瑞穂訳）

私がルソーの名文中の名文と看做している箇所の引用である。思想の深さ、現実が描くことがそのまま象徴性を形成している。

若い頃、私はマルタン・デュ・ガールの『チボー家の人々』を愛読した。中で、ジャックと親友ダニエルが家出を企てる場面があって、記憶に間違いなければ、そのとき、どちらかがジッドの『地の糧』を持参していた。その影響もあって、このジッドの小さな翻訳本も、熟読したものであった。その開放的な雰囲気を思い出す。だが、ジッドには快楽主義的な傾向が強く、ルソーのような感性の純粋性とはかなり違う。私の今に直接響いてくるのはルソーの方である。おそらく年代の差であろうが。

後半はさらに素晴らしい。書物と筆記用具の放棄、つまりエクリチュール以前という基盤を示しているには、エクリチュールの放棄なのだ。逆説的にはる。つまり、この楽園の上に、それを乱すものとして、エクリチュールが成立する。この状態こそ、ルソーにとって、エクリチュールの白紙と呼んでよいだろう。執筆とは、その白紙にペンを下ろして汚すことだ。好意的に言えば、ペンは、言葉で描くことによって、白紙の若干の成分を吸い取るとも言えようか。私は楽園と書いたが、バイブルの《エデンの園》、ダンテの『神曲』では《煉獄山の頂》である。もっと記憶に新しいところでは、ポオの「アルンハイムの地所」を思い起こすことが出来る。いずれにしても、ルソーは、リアルタイムではなく、体験から十三年後（本文ではルソーは十五年後としてるが）に書いていることを忘れてはならない。

とはいえ、世俗的な敗北者にとって最後の堡塁は、愉悦それ自体ではなく、エクリチュールなのだ。なぜなら、愉楽を味わいながらも、それを書いているのだから。それはルソーについても言える。

引用の「家政婦」は妻テレーズのこと。

夢想⑤—4

「みんなはまだ食卓にいるのに、僕だけ抜け出して、ボートに一人で飛び乗ると、水の静かなときなど湖心まで漕いで行くのだった。そして、ボートの中に大の字に寝そべると、目を大空に向けたまま、波のまにまに、ゆっくりと流されてゆく。そして、時によれば、取り留めのない、だが、快いもろもろの夢想に耽るのだった。それは別にはっきりした、定かな目的のある夢想ではなかったが、人生の快楽と呼ばれているものの中で、僕がもっとも甘美だと思ったどんなことよりも、僕にとっては、百層倍も好ましいものだったといえる」「僕が存在していることを、心地よく感じさせてくれるので、わざわざ考えなくてもいい、水の面を見ると、それから連想して、うつし世の無常を思う念が、ふと、かすかに浮かんでくることもある。しかし、その淡い印象とて、僕をゆすぶっている波の絶え間ない運動の均等性の中に消えてしまう。そして、その運動は、僕の魂のなんら能動的な協力もないのに、僕をかたく結びつけておかずにはいかなかったので、時間や、決まった合図で呼ばれても、努力なしではそこを離れることは出来ないくらいだった」（青柳瑞穂訳）

　この湖が丸い形（たしか『告白』では卵形といっている）であることにはすでに触れた。その湖心にただ一人ボートに横たわって、ぼんやりと大空を眺めているルソーを想像してみよう。内側を見る瞳の象徴のようでもある。何を眺め、何を考えるというのでもない。無為、そうルソーは呼んでいる。この言葉からは、老子の「無為の治」への連想も誘うが。実際、両者の類似は無視できないが、とりあえず、今はこれ以上言及しない。

　私は迷っている。これはベルクソンの言う「イマージュ」なのか、プルーストが求め続けた「超時間」つまり「見出した時」なのか。「イマージュ」には快楽という心理的な要素はない。「見出した時」は、一種の快楽的な感情がつき纏っているが、ずっと造形的な要素が強い。哲学者と文学者の相違か。

　ルソーの眺める大空、あるいは、ボートのルソーを浮かべる湖水は、まっさらなエクリチュールの白紙に近いのではないか。ルソーは、現在のことではなく、懐古しているのである。省略した、引用の前半と後半の間には、取り留めのない比較的長い思い出が綴られている。たとえば、無人の小島へ出かけた様子だとか。言うまでもないが、ベルクソンもプルーストにも、根底にエクリチュールの思想が浸透している。

エクリチュールの思想が原理的にあらわになるのは、ルソーだと私は思う。ルソーは、哲学者でもあり文学者でもある、真のエクリチュリストということになる。

夢想⑤—5

「もっとも甘美な享楽と、もっとも強烈な快楽の時代というものは、その追憶が僕を最もひきつけ、感動させる、そういった時代では案外ないものである。あの夢中と熱狂の短い時期は、それがどんなに激しかろうとも、また、その激しさそのもののために、実は、人生という線の中のまばらな点々に過ぎないのである。それらの時期が、一つの状態を構成するには、あまりに稀有であり、あまりに早く過ぎ去る。そして、僕の心が思慕する幸福というのは、消えやすい瞬間で出来ているのではなくして、単純で、永続的な状態なのである。それ自身においては、激しい何物も有していないが、その持続が魅力を増加していって、ついには、そこに最高の幸福が見出されるに至る、そういう状態なのである」（青柳瑞穂訳）

ルソーはおのれの思想を信じられないほど明晰に描いている。私はたまたまルソーの作品を読んでいるが、果たして、本書『孤独な散歩者の夢想』のこの箇所だけを読んで、深い意味を汲み取れるであろうか。『エミール』を読めば、享楽と快楽は、情念であって、性的な快楽や恋愛を示唆していることが分かる。貴重な思い出はそうしたところにはなく、幼年期に故郷において時間をかけて形成されるものであることを語っている。彼の『人間不平等起源論』で言う「人為的なもの」（社会状態）と「根源的なもの」（自然状態）の対立であり、瞬間に対する持続である。換言すれば、幼年期は、実在するものではなく思い起こして描かねば存在しないものなのだ。これは一つのエクリチュールという思想である。もちろん、瞬間に生きるというのも、対等に一つの生き方であり、それはエクリチュールではないというに過ぎない。ルソーの才能は、瞬発的なものではない。回想的なものである。つまり、戸惑いたじろぐ能力なのだ。多くのルソー論は彼の感受性の性質をはなはだしく誤解している。彼らはルソーの羞恥心や内気をまじめに信じようとしない。王侯の前でたじろぐルソーを知らないのだ。〈すれっからし〉な人間にルソーを正当に評価できるはずがない。「人生という線」と「まばらな点」の相違である。線は意識の連続のことであって、それが《書くという行為＝エクリチュール》を支えている。線の持続といえども、点で出来ているのであるから、厳密には、限りなく瞬間に近づく、理論的には、書くという行為の継続がエクリチュールであって、読者や回顧（＝内なる読者）を必要としない。そうした状況に『夢想』のルソーは、おのれを追い詰めている。

実は、こうした思想は、柳田國男の民俗学との類似性を、私に強く訴えてくる。思えば、柳田は、その民俗学を超えて、日本における数少ないエクリチュリストの系譜に入るのではないか。

夢想⑤—6　柳田國男

柳田國男の方法を知る上で、昭和十年に発表された「郷土生活の研究法」は、貴重な著作である。ここには、強烈な現在意識・時代認識が見て取れる。

「文化は継続しているので、今ある文化の中に前代の生活が含まれているのである。文字に書いて残したものと比べて、資料としての価値がどれだけ違うだろうか。仮に一方は判で押した証文であり、他の一方は単なる形跡だけだから、同じに取り扱うことは出来ぬとしたところが、もしも書いたものが何一つ残っておらぬとすれば、第二の手段としてはこちらに拠るほかはないのである。その上に書いた証拠というものは精確だと言っても、通例は一回限りの出来事を伝えているに反して、こちらは今日何百何千人というものが、ときによると一日に三回も五回も、また同じ季節にそこでもここでも、繰り返して見せてくれる現実の行為である。それを寄せ集め重ね合わせてみれば、存在はずっと確かになる。こういうものを残された証拠として考えてゆけば、行く行くは無記録地域の無記録住民のためにも、新たなる歴史が現出してくるということ、これが私たちのぜひとも世に広めたいと思っている郷土研究の新たな希望である」

ここには極めて野心的な哲学が秘められている。柳田の反文献主義は、その思想の根底に浸透していて、文字文化一辺倒の旧歴史観、ひいては皇国史観を相対化する思考を含んでいる。少なくとも、国家神道から庶民レベルの神道の再構築を見据えている。つまり、「文字で書いて残したもの」とは、ルソーの概念を用いれば、「まばらな点」「人為的なもの」であり、「無記録住民」の「新たなる歴史」は「人生という線」「根源的なもの」なのである。いずれにせよ、前者は既成の現実的なものであり、後者は、現実から根源へと遡りつつこれから描いていくものなのだ。

この思想には、皇国史観ばかりでなく、旧来の西欧的な歴史観そのものを廃棄する契機を含んでいる。この期の柳田民俗学は、従来の歴史に取って代わろうとする気概さえも示していると見てよい。以下も「郷土生活の研究法」の記述である。

「大体に異常事件、すなわちその時代の通例でなかったこと、一度出現して再び繰り返されることのあるまいと思うような出来事を、年代記物だなどと今の人も言うが、筆や紙のやや自由になると共に、少しずつその範囲を拡張し、かつ身びいきも加わり、何だこんなことをと思うようなことまで、書いて残している筆まめもあった。しかしいずれにしても、書いた動機は多かれ少なかれ自己本位で、その極端な例は贋系図、贋証文から、中くらいなところでは寺々の縁起、諸道の由緒書の類まで、少なくとも自分に不都合な事実を残したものはない。隠すのをまた当然の所業としていたのである」。

柳田は、すでに昭和六年の「明治大正史・世相篇」の「自序」でこんなことを書いている。

「この書が在来の伝記式歴史に不満である結果、故意に固有名詞を一つでも掲げまいとしたことである。従って世相篇は英雄の心事を説いた書ではないのである。国に遍満する常人という人々が、眼を開き耳を傾ければ視聴し得るものの限り、そうしてただ少しく心を潜めるならば、必ず思い至るであろうところの意見だけを述べたのである」。

固有名詞を掲げないで書く歴史など、たとえ試みであったとしても、柳田國男以外の誰が企てられようか。しかも、彼はこの書で実行したのである。

夢想⑤—7　瞑想

「楽しい安立の地盤を見出し、そこに完全に憩い、そこにその全存在を集中することが出来て、過去を想起する必要もなく、未来に天蚕する必要もない状態、魂にとって時間が無に等しい状態、現在が永久に持続しつつ、しかもその持続を標示することなく、なんらその持続の痕跡もとどめることなく、欠乏感も享有感もなく、苦楽の感覚、欲望危懼の感覚もなく、ただあるのは、我々の存在しているという感覚だけ、そして、この感覚が全存在を満たしうるような状態が続く限り、そこに見出されるものこそ、幸福と呼ばれうるのである」「僕はサン・ピエール島で、孤独な夢想に耽りつつ、しばしばこのような状態にあったのである」（青柳瑞穂訳）

私に研究法があるとするならば、その鉄則の一つは、起源の違う東洋文化と西洋文化を決して混同しないことである。しかも、エクリチュールの歴史的起源は西欧文化にある。この我田引水的混同が、日本の文化史を宿命的にみじめに彩ったのである。

にもかかわらず、引用のルソーの文章は東洋的な哲学に限りなく接近している。あたかも、エクリチュールを忘れたかのごとき記述である。確かに、回顧して書いているには違いないが、この深い境地は、体験した者のほかに描けないのではないだろうか、明らかに記述的なもの以外を含んでいる。瞬間的なものとは言え、エクリチュールを超えている。

ルソーは、後文でこうした境地の条件を厳しく記している。

「いかなる欲念も心の静安をみだしにきてはいけない。その償いを感じる当人の気持が大切である。周囲の事物の協力が必要である。それには、絶対的な静謐も、過度の微動も要しないが、その代わり、乱れのない、隙間のない、均一でほどほどの運動が必要である。運動がなければ、人生は昏睡状態に過ぎない。もしその運動がまちまちであったり、あるいは、強きに過ぎたりすると、それは眼を覚まさせる。ふたたびわれわれを周囲の事物に引き戻して、夢想の魅力を毀してしまう」（青柳瑞穂訳）

ここでの「夢想」は、エクリチュールではなく、東洋的な「瞑想」である。古代インドの聖典『バガヴァッド・ギーター』を少し読んだだけでも納得させられる。むしろ、東洋の書物をそれほど読んだとは思えないルソーがそうした瞑想に達したこと自体が驚異的なことではなかろうか。エクリチュールの歴史はキリスト教と古代ギリシア文化の結び目に起源があるというのが私の認識である。

にもかかわらず、東洋的、あるいはギーター的瞑想とルソーの瞑想の差異は私にはまったく認められない。いや、むしろ、ルソーはそうした素地の上に、彼の生涯を描いたのかもしれない。

エクリチュールの白紙とは、瞑想の境地の戯画的な、仮想的なあり方なのであろうか。

夢想⑤—8

「抽象的で単調な夢想の魅力に、僕はその夢想を活発にする多くの美しい思い出を加えることになる。その思い出の対象物は、陶酔のさなかにあっては、僕の感覚から逸脱することがしばしばであった。ところが、今日では、僕の夢想は深ければ深いほど、その対象を如実に描いて見せてくれるのである。僕は、実際にあったとき以上に、いっそう頻繁にいっそう心地よく、それらの中にいるようになった。不幸なのは、イマジネーションが冷却するに従って、それが浮かんでくるのに骨が折れ、しかもあまり永く続かないことである。ああ！ 人がイマジネーションの皮を脱ぎはじめるとき、人はそれにさえぎられて物が見えなくなるのだ」（青柳瑞穂訳）

「第五の散歩」の締めくくりの文章である。ルソーの才能の最大の特徴は、リアルタイムに表現する能力ではなく、事後的で回想的なものであることについては、すでに、触れた。彼が、王侯との接見を恐れ、かえって誤解の種を蒔いたのは、泌尿器欠陥あるいは頻尿という持病のせいもあったが（彼の愛用したアルメニア服も珍奇を好んだわけではなく用を足すのに便利なためであった）、多くは内気で気後れがちで、会話の即応力に自信がなかったからであろう。この弱点を補って余りある事後的な構成復元力に恵まれていたと言えよう。

引用の最後の文節は、私には理解できない。そこで、今野一雄訳を読んでみる。「殻を捨てようとする頃になるとかえてそれに押し包まれる、悲しいことよ」とある。この訳の方が、私にはぴったりと来る。つまり、肉体という殻を捨てようとする頃とは、老齢のことであろう。病気や死の恐怖などで、肉体から一歩も出られなくなるという意味。最近とり寄せた長谷川克彦訳はこうある、「ああ、人は肉体の殻を脱ぎ捨て始める頃になると、もっともひどくそれに妨げられるようになるのだろうか」。この訳がもっとも明解なように思われる。一応、フランス語原文を参照したが、そう解釈して間違いないようだ。翻訳というのは、一長一短があるものなのであろう。

夢想⑥——1

「僕の行動の大部分の、最初の真の動機は、人間の心の味わいうる最上級の真の幸福であることは、僕も知っており、そう思っている。しかしその幸福は、もうずっと以前に、僕などの手の届かぬところに置かれてしまったのだ。そして、僕のような惨めな運命にあっては、真に善い唯一の行動を、えり抜いて、有効に、行うなどということは望みえられないのだ。僕の運命を決定する人たちは、何事につけ、嘘で、だまかしの外見しか見せまいと最大の配慮を払ったので、いつもながら徳行の誘引は、僕にかけられた罠におびき寄せるための、目の前にぶら下げられた餌に過ぎなかったのである。僕はそれをちゃんと知っている。今後、僕に出来る唯一の善は、行うことを差し控えることであることを知っている」(青柳瑞穂訳)

この考察は、日課の散歩で、出会う物乞いの少年の話から始まる。ルソーは、脚が不自由な少年を気の毒に思い、施しをするのが常であった。ところが、次第に、関係が変化して、施しが義務となり、貰うのが少年の権利のようになる、ついには、少年が、ルソーが名乗ったわけでもないのに「ルソーさん」を連発するようになり、嫌悪感に襲われ、少年に出会わないように回り道するようになる。どうやら、誰かが、少年にあれが有名なルソーさんだと教えたのである。こうした場面は、ルソーにとって、初めてではない。友人や貴族と交わっていて常に感じたことである、主に、ルソーにとっては恵まれる立場として。私たちがこの文章を読んで感じるのは、ルソーが、体験を高度に抽象的に捉える能力に恵まれていたことと、痛々しいまでに研ぎ澄まされた感受性を老いても保ち続けたことであろう。ルソーの才能とは、誰しも彼のようでありたいと望むような才能ではない。災難のような才能なのだ。彼を読むとは、彼をおのれの感覚から「女々しいとか」「病的に神経質だ」とか言って、断罪するような読み方をすべきではない。彼の意識にいったんはなりきらねば、彼の思想は理解できない類のものなのだ。

『人間不平等起源論』以来の根本思想である〈自然状態〉と〈社会状態あるいは人為的状態〉の構図は、ここでも貫かれている。真の最初の動機である〈自然状態〉での徳行を保つのがいかに困難であるか、権利・義務関係という〈社会状態〉へといかに簡単に取りこめられ、堕落するか、それは日常生活においても頻繁に見受けられることなのだ。「僕のように惨めな運命」とは、言うまでもなく、迫害に追い詰められて、散歩を除いて、社会から切り離された蟄居状態にあるおのれの境遇である。

街頭の募金箱の前で戸惑う私たちと、ルソーの感情とそれほど大きな隔たりはないのではないか。

今朝のネットに、レヴィ＝ストロース死去の記事があった。構造主義者として思想界で一世を風靡した人類学者である。主著の一つ『悲しき熱帯』を一読したとき、ルソーとのつながりがはっきりと読み取れ、以降、私はルソーの虜となったのだが、ルソーの言う自然状態が想像にしか過ぎないのではなく、現実に、もちろん近似値的にだが、アマゾンの奥地に存在することが描かれていた。

夢想⑥―2　現象学

「僕の初めにしてやった奉仕は、それを受け入れた人々の側から見れば、後に続くべき奉仕の担保に他ならなかったのである。それで、誰か不運な人が、恩恵を受けることによって、僕を押さえてしまえば、僕はもうそれで決まったのである。自由な、そして自発的な、この最初の恩恵は、その後もそれを要求しうるあらゆる人々にとって、際限のない権利となり、僕に不可能の場合でさえ、それから逃れるわけにはゆかないのである。このようにして、きわめて甘美な享楽も、やがて僕には、負担の多い束縛になってしまうのだった」(青柳瑞穂訳)

後文には次のような文章が見られる。「人間として自然な性向を、むやみやたらに社会へ出し、あるいは、それを続けるならば、それはかえって自然を変えることになり、その最初の方針では有益であったように、とかく有害になりがちなものであると分かった」。こうした文章が、傍観者風に批判的に慨嘆しているばかりでないのが、ルソーの優れた特徴である。一つの明確な方法を見据えている。それは起源に遡って、問題を問い直すやり方と言えるだろう。問題と起源との間に、意識あるいは現象についての現代的な課題が横たわっているのではないか。意識は感情を辿る《書くという行為》つまり、エクリチュールと深く結びついている。現象は、考え描かれない限りそれ自体が眼を開けば見えるパノラマのように顕在化しているものではない。その意味で、意識と現象は、意識の現象として表裏一体をなしている。後年の現象学の始祖としてのルソーについて、考えてみる必要があるのではないか。以前、すでに書いたかもしれないが、エクリチュール論を極めるならば、ルソー的なエクリチュール論の一部として現象学が位置づけられるのではないか。

「我々が見ているのはもっぱらその都度の事象、思想、価値、目的、手段などであって、それらがまさにそのようなものとして意識される心的体験それ自身ではない。心的体験そのものは反省によって始めて開示されるのであり、反省によって我々が把握するのは、事象そのものや、価値、目的、有用性そのものではなく、それらに対応する主観的諸体験であり、それらはこれらの体験の中で我々に《意識》され、最も広い意味で我々に《現出する》のである。それゆえ主観的諸体験もまた《現象》と呼ばれるのであり、――以下略」（立松弘孝訳『フッサール・セレクション』九四頁）

夢想⑥―3

「自分自身のためにも、他人のためにも、善いことをすることができなくなった僕は、行動を差し控えるよりほかはないのである。そして、このような状態は、ほかから強制されたのだから無罪であるわけだが、実はこの状態のおかげで、僕は自分の生来の性向に平気で心行くまで没入することに一種の甘美を見出したのである。あるいは僕は行き過ぎであったかもしれない。なぜなら、僕は善いことだと分かっているときでさえ、行う機会を避けていたのだから。しかし、人々は物事をありのまま僕に見せようとしていないことは確実だったので、僕は彼らが物事に与える外観で判断することを差し控えていたのである」（青柳瑞穂訳）

およそ世事ということで、ルソーのように自然状態に執着していたのでは、生きていくのが困難であろう。感情を緩和させる作用を及ぼす習慣的な行動が、世事のほとんどである。社会状態も自然状態も渾然一体となっていて見分けがつかないのが、現実である。ルソーもそんなことは百も承知で語っている。労働は、自然的な欲求であるばかりでなく社会的な欲求である。著作を放棄した晩年のルソーは、趣味の植物採集のほかには、楽譜写しとか、編み物のような手仕事に時間を費やしていたのだ。時計職人であった彼の父親を髣髴させる。

かつて私は、就職を救いのように感じた。感情的な泥沼をこれで払拭できると感じたのだ。雑念に惑わされないパターン化された生活は、幽閉状態のルソーと同様に、凡庸な人間にとっても、救いである場合がある。むしろ、問題は、強制と支配という情念的な側面があらわになり、労働意欲を阻害させる作用を及ぼすところにある。（ルソーはおそらくこうした情念も自然状態ではなく社会状態と捉えたであろう）。

マルクス主義といえども、情念のバネなくして、階級闘争の現実的な力になりえない。私はマルクス主義を一概に否定するものではない。一つの批判的な視点として、批判的な土壌に欠ける日本においては必要であろう。だが、その客観性に隠れた独善性は有害だと思っている。恋愛とマルクスかぶれは似ているといえば、なるほどと思う。もっとも、マルクス主義に限らず、すべてのイズムはそうした傾向にあるのだが。

ルソーに戻れば、サン・ピエール島という一時の理想境にあっても、心の甘美な静寂を見出し、最晩年、パリで『夢想』を執筆している、このときにおいても、自然状態と社会状態の錯綜の狭間に無為を見出し、心の均衡を得ていることに注目したい。この《無為》こそが、ルソーにとっての《書くという行為》の素地である《エクリチュールの白紙》なのであり、現象学的には、現象学的還元である《エポケー》ということになる。

そもそもルソー思想の根本概念である《自然状態》は、《社会状態》をエポケーした概念と言えるのではないか。フッサールは書いている、「世界が、結局のところ端的に最初の判断の基盤であるのではなく、世界が現にあることと共にすでに、それ自体で先なる或る存在基盤が前提されているとしたら、どうだろうか」（『デカルト的省察』岩波文庫・四四頁）

夢想⑥—4

「もしも僕が自由で、人に知られずに、孤立していたのなら——もともと僕はそのように出来ていたのだが——おそらく善いことしかしなかったろうと思う。なぜなら、僕は心の中に有害な情念の芽などもっていないのだから。もしも僕が神のごとく人目に触れず、全能であったならば、僕は神のごとく慈悲深く、善良であったろう。優秀な人間を造るのは、力と自由なのだ。弱さと束縛は、これまで悪人しか造らなかったのである」（青柳瑞穂訳）

ルソーのキリスト教、つまり『エミール』で説かれた自然宗教には、象徴的な意味で、楽園伝説はあるが、原罪の観念はない。

私は、十七歳の頃、父親が突然死して、当時、不和であったこともあって、ずっと罪の意識に付き纏われた。今もないわけではない。だが、ルソーの著作を読むと、なにか慰められ、肩の荷が下りるような感を持つことが出来る。昭和二十年代、敗戦の混乱が続く最悪の住環境、六畳一間に一家が生活し、思春期を迎えた息子と父親が衝突しないはずない。すでに書いたが、ルソーの人間無罪の宣言は徹底していてほとんど例外はない。極論すれば、悪いのはみんな他人と社会生活に原因あるのだ。このように言い切ることが出来たルソーは、彼が言うとおりの、力と自由を持つ人間なのである。彼はこの文章の少し前に書いている。「僕は自分に立ち返るごとに、何時も彼ら（悪人のこと＝引用者注）を哀れに思う。おそらくこの批判には今もって矜持が混じっているかもしれない。僕は彼らを憎むべく、自身があまりにも彼らを超越しているような気がするのだ。せいぜい、彼らは僕に軽蔑心を抱かせるくらいのことはあろうが、憎しみなどはもってのほかだ。要するに僕は、自分で自分をあまりにも愛しているため、誰であろうと、他の人を憎むことなど出来ないのだ。そんなことをすれば、自分の存在を圧縮することになる。なにしろ僕は、それを全宇宙にのびのびと広げたいと念じているのだから」(青柳瑞穂訳)と。

自然状態にある人間の無罪宣言、換言すれば、自愛心を含む自然状態は、ルソー思想の究極ではない。厳密に言えば、彼の楽園は、キリスト教神話に拠っていない。《書くという行為》の潔白を、象徴的には、《エクリチュールの白紙》をそこに見出す。フランス政府がルソーに逮捕状を出し、スイスの諸都市がルソーを排斥したのは、正確には、彼の信仰である自然宗教のためではない。『エミール』の出版と彼の《書くという行為》、つまり、彼のエクリチュールに対してなのだ。最晩年のルソーは、蟄居生活を甘んじで受け入れ、生業として楽譜写しを続けながらも、エクリチュール理論の究極を目指したといえようか。なぜなら、私たちにとって、最後の著作、この『孤独な散歩者の夢想』によってしか、彼を知ることは出来ないのであるから。

夢想⑥―5

「人間の自由は、自分の欲することを為すことにあるなどと僕は一度も思ったことはない。ただ、自分の欲しないことを為さないことにあると思っている。そして、これこそ、僕が常に要求し、そして、しばしば我が物とした自由であるが、この自由のために、僕は同時代人からもっともはなはだしく誹謗を受けもしたのである。つまり、活動的で、攪乱的で、野心的な彼らとしては、他人のうちに自由を憎み、自分自身に対しても自由を欲することなく――もっとも、時々、おのれの意志を実行する、むしろ、他人の意志を抑える、と、いう条件においてだが――要するに、一生涯、窮屈を忍んでも自分の厭なことをなし、命令するためには、どんな卑屈なことも辞さなかったのである」(青柳瑞穂訳)

ルソーの《エクリチュールの白紙》が、これほど性別的な隠喩を示している文章は少ない。この白紙は、能動に対する受動を表し、性別的には女性的なあり方である。ギリシア神話の開闢伝説では、「まず原初にカオスが生じた。次に胸幅広い大地（ガイア）。大地はまず初めに彼女自身と同じ大きさの星散りばえる天（ウラノス）を生んだ」（ヘシオドス『神統記』岩波文庫参照）とある「大地」を連想させる。ルソーの自伝『告白』を読む限り、ルソーの人間形成に、母性的なヴァランス夫人を筆頭にして、たくさんの女性が関与しており、ほとんど男性にその席を与えていない。ちなみに、ルソーの母親はルソー誕生の九日後に死去している。父親の嘆きの中で、形見のように生まれてきたといえよう。二人の叔母によって育てられたのである。彼の基本的な思想形成が、女性あるいは母性によって作り上げられたといっても大過がないことは、多くのルソー論が認めている通りである。白紙、つまりフランス語papier は周知のとおり女性名詞である。

その無垢なる自然である白紙を汚すものとして、ルソーは「活動的で、撹乱的で、野心的云々」と書いているが、この悪人とは、象徴としての《ペン》ではないかと私は思っている。豊穣な白紙に対して、おのれを押し付け、刻み傷つけ、白紙の豊穣のほんの一部を用いて、おのれを表現するもの、それは執筆のペンではないだろうか。《langue ラング＝言語体系》という白紙の海に対して、実際の言語表現は、それ以外を排除するという意味で、一つの限定であり専制なのだ。引用の「要するに」以降はそのように解することを私に強いてくる。《書くという行為》は好むと好まざるとにかかわらず策略なのだ。意志を全うするためには、策略も用いるし、命令もするし、あえて卑屈にもなる。《エクリチュールの白紙》を発見したルソーは、間接的ではあるが《エクリチュールのペン》も想像的に見出している。当然のことであるが、白紙とペンはガイアに対するウラノスばかりでなく、ワギナに対するペニスを連想させる。いかに豊穣であると言えども、白紙はペンの媒介なくして決して表現行為をなすことは出来ない。ジェンダーの観点から異論もあろうが、白紙そのものはなにも語らない。それは自明なことだ。ジャック・ラカンの《ファルス（ギリシア語 phallus 男根）》や『法華経』の提婆達多品の「忽然之間。変成男子」に見るように、ルソーといえども、執筆の際はペンをもって書いたのである。

夢想⑦――1

「このような状態（夢想のこと・引用者注）の中で、私に生まれつきの本能は、気を滅入らせるようなあらゆる観念から私を免れさせ、想像力に沈黙を命じた。そして私の注意を周囲の事物に惹きつけさせ、それまではほとんど量（マス）としてその全体において静観していたに過ぎない自然の光景を、始めて細部に別けて調べさせるようにしたのである。

喬木、灌木、草木、これらは大地の装飾であり衣裳である。丸裸で草もなく、眼に映るものは石と泥と砂だけ、といった野原の眺めほどうら悲しいものはない。けれども自然の恵みによって生気を付与され、水の流れや鳥のさえずりに囲まれる中で晴れ着をまとうと、大地は自然の三界の調和のうちに、生気と興趣と魅力に溢れた景観を、人の眼と人の心を決して倦ましめることのないこの世で唯一の景観を、人間の前に提供する。

観察者というものは感じやすい魂を持てば持つほどなおのこと、そうした調和からそそられる恍惚感に身を浸す。甘く、深い夢想が、そのとき彼の感覚を奪う、すると彼は陶然たる言い知れぬ心地よさのうちに、広大無辺なこの美しい組織の中へ没入し、それと一体化するのを覚える。そのとき個々の物象はすべて彼の感覚から遠のく。彼はすべてをただ全体においてのみ見、かつ感じる。

何か特殊な状況が生じてその観念を制限し、想像力を制約するのでなければ、彼は包摂しようと努めるその宇宙を、部分的に観察することは出来ないのである」（長谷川克彦訳・角川文庫）

このような文章は読んでルソーの描くそのままに浸れば、それで良い。コメントは必要ないのかも知れない。植物採集や自然鑑賞は、老齢に達して社会との接触の絶えた者や失意に心を閉ざした者の拠り所、最後の愉悦であろう。私のエクリチュールというテーマから言えば物足りない。いわゆる短歌的な抒情、東洋的な抒情はこの域を出ないといえよう。

それでも、ここには全体と部分との哲学的な深い洞察が息づいていて、あたかも、弁証法的に呼吸をしているかの感がある。拡散と収斂の生命のダイナモ。ポオの『ユリイカ』を連想させる。自然状態の自己完結的なあり方。それは原理的な装置の探求であるかも知れない。

夢想⑦―2

「花に出会えば、それぞれの興味と好奇で調べる。そして、彼らの構造の法則が分かりかけてくると、それには非常に苦労しただけに、それだけ激しい、しかしもう苦労のない快感を、植物を観察しながら味わうのである。この暇仕事には、欲念が完全に静まっているときにのみ感じられるような、或る一つの魅力がある。しかもそんな時は、ただそれだけで生活を仕合せにし、潤すに十分な魅力である。ところがそこへ、地位を占めようとか、書物を作ろうとかいう、利己心や虚栄心が混じってくると、教えんがためにのみ学ぼうとすると、著述家や大学教授になるためにのみ植物採集をするようになると、あの甘美な魅力はことごとく消えうせてしまう」（青柳瑞穂訳）

この文章は、純粋な植物採集の魅力を単に語っているのではない。なぜなら、私たちは、『孤独な散歩者の夢想』の「第七の散歩」という紛れもない書物によって、この文章を読んでいるのだから、現実的に植物観察の魅力に引き込まれたわけではない。この文章の真の意味は、そうではなく、《書くという行為》エクリチュールそれ自体の悦びが、書物を出版することや、それによってちやほやされることと無縁であることを、純粋に語っていると解するべきだろう。強調したいのは、植物採集それ自体が、ペンを執って紙に書かないまでも、心に刻み込むという意味では、やはり《書くという行為》つまりエクリチュールであるということだ。もちろん、絵を描くことについてもいえる。もしエクリチュールに、癒しや慰めの効果があるとすれば、このエクリチュールの純粋性において発揮されよう。

夢想⑦—3　郷土愛

「私が植物学に愛着を感じるのは、一連の付随的な観念による。植物学は私の想像に何よりも楽しく思われるあらゆる観念を寄せ集め、呼びさます。牧場、水流、森、人気のない場所、そして何よりも安らかな静けさ、すべてそういうものの間に見出される休息、それが植物学のおかげでたえず私の記憶に甦ってくる。それは人々の迫害を、彼らの憎悪を、軽蔑を、侮辱を、私の優しい心からの愛着に報いるために彼らが与えたあらゆる苦しみを忘れさせる。私を安らかな棲処《すみか》へ、昔、共に暮らしたような単純で善良な人たちのいるところへ運んで行く。私の青春時代を、私の罪のない楽しみを、思い出させ、それをもう一度楽しませてくれる。そして、これまで人間が耐え忍ぶことの出来たこの上なく惨めな運命におかれている現在でさえ、実にしばしば私を幸福にしてくれる」

（今野一雄訳）

「第七の散歩」の締めくくりの文章である。この『夢想』は、「第十の散歩」の中断まで続くが、ここまではルソー自身が清書している。つまり、清書している最後の文章ということになる。この文書をどのように解するか、それはルソーを読む作業の分岐点だと私は思う。おそらく、この文章だけ、あるいは『夢想』を読んだだけでは解読できないのではないか。彼の生涯、とりわけ自伝『告白』を読むことが必要だろう。次の文章を読んで欲しい。十代の終わりに故郷のジュネーブに戻ったときの感動を晩年に思い返して書いている「ジュネーブを通っても、誰にも会いに行かなかった。しかし、橋の上まで来ると、ついふらふらとしかけた。この幸福な都市の城壁を眺め、この町に入るたびに感動のあまり失神のような気持にならぬことはないのだ。自由の気高い心象が私の魂を高揚すると同時に、平等、団結、穏やかな風俗の心象に、つい涙を誘われ、自分はそういう幸福をすっかり失ったという悔恨が、ひしひしと胸を突くのであった。なんと思い違いをしていたことか！　だが、その思い違いは、実に自然なものであった。私はそういうものを自分の胸に持っていたために、祖国の中に、それがみなあるように信じたのだ」（桑原武夫訳『告白』上巻・岩波文庫二〇七頁）。

ルソーの自然観察への愛着は、その観念を手繰ると、郷土愛に至る。また、それを見落とすと、ルソーの晩年にたどり着いた境地の真の性格を見落としてしまうと、私は思う。だが、その郷土であるジュネーブは、なんとルソーの望郷の念を裏切ったことか。逮捕状を最初に出したフランス政府以上に、ルソーを嫌悪したのである。晩年のルソーの異国での惨めな境遇は、郷土であるスイス諸都市の裏切りにも等しい侮辱的な対応であった。晩年のルソーが郷土を語る余地を与えないほどに！

おそらく、彼の〈自然状態〉と〈自然宗教〉という根本思想は、郷土と自己愛との関連を除いては、十全に理解できない。私が柳田國男の民俗学との類縁を見るのも、郷土愛においてである。両者は望郷の深層エクリチュールにおいて一致する。

結局、それは魂の土壌と切り離された現代人の孤独と心の闇とかかわってくる。ところで現代人にとって、郷土とはどのような意味があるのか、それが問われてくる。

夢想⑧——1

「僕は自分に無関係なものに全身を打ち込んだのだった。僕は、自分の心の絶えざる動揺を感じつつ、人事の有為転変を知ったのだった。この嵐のような生活は、僕の内部に平和を残さず、外部に静安を与えなかった。表面は幸福であっても、反省の試練に耐えうるような感情、そして、その中にあって僕が真に惜しみうるような感情は持っていなかった」（青柳瑞穂訳）

この「第八の散歩」からルソーの草稿は、清書されておらず下書きのままである。前回で、私の『夢想』を読むブログを終わらそうと思ったが、清書されたものと下書きに、重要さにおいて、隔たりがないので続けることにする。

何度も繰り返して記したように、ルソーの文章は、一読、個人的な文章のようでいて、普遍性という熱い竈、つまり「反省の試練」を経ているので、すべて読み手の心を捉えずにはおかない。しかも、読み手が、彼の著作から真の意味の知恵を読み取ることが出来る類の知の遺産なのだ。「第八の散歩」は、取り留めのない愚痴のような様相を呈している。引用の文章はその一節に過ぎない。ところが、私のように長い間会社員生活をそれなりにまじめに勤め過ごしてきて、定年を迎え退職した平凡な男の人生にとっても、自分の人生を総括するような言葉として響いてくる。

夢想⑧——2　魂の量子力学

「この哀れむべき状態にある私は、それでも、彼らの中のもっとも恵まれた者に代わろうとも、その人と運命を取り換えようとも思わない。そして、わが世の春を謳歌しているその人たちの一人であるよりは、いくら惨めでも私自身であるほうが、よっぽどましだと思っている。一人ぼっちにされてしまった私は、自分の実体を喰って生きている、というのは事実だが、それは尽きることはないし、私はいわば空っぽの胃袋で反芻しているとしても、想像は涸れ観念は消えて、もう心の糧を供給してくれないとしても、私は私自身に満足しているのだ。肉体のために被われ、閉ざされている私の魂は日々に衰え、この重たい魂の重圧にあえぎ、老い朽ちた殻の外へ昔のように飛び出してゆくだけの力をもう持っていない」（今野一雄訳）

社会的な信用を失い、迫害され、孤独に追い詰められたルソーは、それでも強大な自愛心を失わず、かつての自分を回顧して、名声に酔いしれた当時の自分を、本道を見失った者と看做す。「彼らの中のもっとも恵まれた者」の箇所を青柳訳は「彼らのうちで最も不幸な者」となっており、文脈全体との関係もあろうが、ほとんど誤訳に近いのではないだろうか。

この文章で興味深いのは、自愛心の問題もさることながら、完全な孤立状態にあって《書くという行為》のうちの社会的な側面を剥ぎ取られて、なおかつ、ほとんど自慰行為に近い状態に囲い込まれながらも、エクリチュールの本質を掴もうとしている事だ。しかも、そこにルソーは微視的な喜びを見出している。それは魂の量子力学的領域なのであろうか。ルソー思想の魅力は、抽象的な思考によって導き出される叡智ではなく、読書の影響もあろうが、主として独力で、自らの生涯から納得的にリアルに描かれることだ。

夢想⑧—3

「こんなあほらしい盲目状態が、こんな馬鹿げた偏見が、全人類に広がるということはありえない。こういう錯乱に捉えられない良識を持った人々がいる。欺瞞や裏切り者を憎む正しい魂を持った人々がいる。捜してみよう、おそらく結局は、一人の人間を見出すだろう。その人が見つかれば、彼らは冑を脱ぐ、と。私の探索は空しく、その人は見つからなかった。同盟は全世界にわたっていて、一人の例外もなく、取り返しのつかないものになっている、そして私は、いつまでもその秘密を突き破ることが出来ずに、この恐ろしい追放のうちに一生を終えることになるに違いないと思っている。

　こういう哀れむべき状態にあって、長い間の苦悶の後、結局は私の宿命となるかに見えた絶望感のかわりに、私は再び朗らかな心、落ち着き、安心、さらに幸福さえも見出したのだ。それは私の日々の生活が今日の日を喜びを持って思い出させ、明日のためにも私はそれと変わった日を願わないからだ」（今野一雄訳）

　迫害されている者、追放された者、無実な者が綴る文章として、この文章だけを読むならば、単なる、途方もない強がりとしか見ないだろう。あるいは、綴っている本人の被害妄想ではないかと疑いを持つのではないか。こうした読み方ではルソーの真意は伝わらないし、彼の天才的な能力は理解できない。そこで、私は、多少、誇大妄想的な読み方に挑戦してみたい。

　同盟してルソーを迫害する全世界の人間、つまり社会的な人間という認識の仕方が問題である。こうした画然としたものの見方は、牢獄に繋がれている人間にとっても難しいが、現実の生活者が、社会生活を営みつつ、それを客観化して眺めることは至難なことだ。社会的な論理に常に取り込まれて思考しているのだから。それが出来たルソーという人物は、鋭くて敏感な感受性と共に、それを客観的に見る目も兼ね備えていたといえよう。自分に充足する強烈な感受性の人間ルソーは、社会の負の役割を裏側から客観化でき、それと対抗できる強大な現象学的主観性を持っていたといわなければならない。

社会的な人間のあり方、それを物理学になぞらえれば、ニュートンの古典物理学の世界観に依拠しており、孤独なルソーのそれは、量子力学的な世界観と言えないだろうか。周知のことだが、古典物理学は、原子以上の因果律の世界にしか通用せず、原子以下の微細な世界では、量子力学が有効である。だが、量子力学は、古典物理学の内部でも作用していて、より包括的である。ところが、古典物理学は、微細な世界ではまったく意味を成さない。量子論の世界では、観測者の視線によって観測結果が左右されて、いわゆる、人間的な合意に過ぎない客観世界は存在できない。つまり、古典力学はマクロ的な意味の説得力しか持たない。エクリチュール、物を書くという行為が、意識の軌道を描くのだとすれば、おそらく、量子論的な世界観を持たない限り、成り立たないのではないか。

いずれにしても、ルソーの記述は、そうした射程を含む、哲学的な省察であることは間違いないだろう。

夢想⑧—4

「私は世間の判断はしばしば公正であると見ていた。けれども、その公正さも偶然の結果であること、人々がその見解を打ち立てる基準はただ彼らの情念から、あるいはその情念によって抱く偏見から引き出されること、また、彼らが正しく判断する場合にも、その正しい判断もしばしば良くない原則から生まれることを見ていなかった。たとえば、彼らがある点で一人の人間の功績を認めているようなふりをする場合にも、それは正義の精

神によるものではなく、公平な態度を装って、ほかの点でその同じ人間を思う存分に中傷するためなのである」（今野一雄訳）

ルソーの文章は、一般論を語っても、必ず、具体的な事例が背後にあって、それをなぞるように論理を展開している。従って、彼の著作、主として自伝『告白』の記述が最良の資料になるだろう。だが、記述の真意を読み取るのは、極めて困難だ。独学者にとって、記述の裏づけをなす様々な資料に目を通し、真偽を判断し、総括するのは、一生かかっても限界が目に見えている。

私の場合、次善の策として、これまでの七十一年間ほどの貧しい人生経験から会得したものとルソーの天才的な著作をボタンとボタン穴のように、照合する作業が、私にとって残された唯一つの、ルソーを《読むという行為》なのだ。本当のところは、私ばかりではなく、すべての読者のエクリチュールを《読むという行為》のリアルな在り様なのだ。その限界は誰しも超えることはできない。

この文章で、興味深いのは、情に弱いルソーが、その自分を客観的に見つめていることだ。私たちは、極論すれば、結論が同じなら、中身は問わない、あたかも宿敵でさえもたちまち年来の味方にしてしまう。こうした見方は、社会的な人間にとっては根強い偏見であろう。ここで留意すべきは、主著『エミール』で説かれたように、「情念」が社会化された欲望であって、自然な感情とルソーは看做していないことだ。

すでに、量子論について触れたところで書いたが、社会的な観点は古典物理学的なマクロの世界観に根ざしている。一方、ルソーは、量子論的なミクロな世界をも包括する世界観に立って記している。

逆説的に言えば、量子力学は、古典物理学との対比から言えば、主観的なのだが、古典物理学を超えた次元から言えば、より普遍性を備えている。私は量子力学とエクリチュール、そして現象学の三者の密接な関連を遠望している。

夢想⑧――5

「長い間の空しい探索の後に、彼らがすべて例外なく、地獄の精神でなければ考えつかないような、この上なく不正で不条理な考え方のうちに留まっているのを見たとき、こと私に関しては理性はすべての人の頭から追い出され、公正さはすべての人の心から追い出されているのを見たとき、かつて誰にも害を与えたり、与えようとしたり、報いたりしたことがない一人の不幸な人間に対して、熱狂的な世代がその指導者の盲目的な激情に完全に捉えられているのを見たとき、十年間空しく一人の人間を探して歩いた後、ついに提灯の火を消して、もう人間はいなくなった、と叫ばずにいられなかったとき、そういうときになって初めて私は、自分がこの世で独りぼっちになっていることを知り、わたしの同時代人は私にとっては、器械的な生き物に過ぎず、彼らはただ衝撃によって行動するだけで、その行動は運動の法則によってのみ計算することが出来るのだ、ということを悟った。どんな意図、どんな情念を彼らの魂のうちに仮定することできたところで、彼らは私に対する彼らの振る舞いを私に納得のいくように説明することは決して出来なかったろう。こうして彼らの精神的態度は私にとって何の意味もないものになってしまった。私はもう、彼らのうちに、私に対しては一切の道徳性を喪失した、いろんな動き方をする塊を見るだけだった」(今野一雄訳)

なんとも回りくどい、長文であろうか、自分には翻訳の能力はないが、原文がそうであろうと、日本語に訳すからには、もう少し早くピリオドを打てないものかと、パソコンのキーボードで文章を写しながら思った。「地獄の精神」も原文に忠実であるための苦肉の訳であろう、収まりが悪い。青柳瑞穂訳は「悪鬼」、長谷川克彦訳は「悪魔」となっている。日本語としては長谷川訳で良いのではないかと思う。

ところで、この文章は、ルソーが綿々と愚痴をこぼしているわけではない。すでに述べたように、ルソーの見方、考え方の科学的なあり方を端的に示している文章とみたい。一見、感覚的感情的に見えるが、このように描かなければ、社会的な包囲網の強さを十分に脱却できないし、また、表現できない類のものなのだ。外からビニール袋を被された密閉状態でありながら、その内側から密閉状況を把握して表現するのは途方もない超人的な企てであり能力であろう。それをルソーは試みて、袋からの脱出を成功させている。

いわゆる「地獄の精神」によって操られる「器械的な生き物」「衝撃による行動」「運動の法則」「いろんな動きをする塊」、このような物理的な語彙は、完全な脱出の成功を物語っている。彼はおのれの量子力学によって、ニュートン力学を透視したのである。

量子力学と《エクリチュール》、どちらの場合も、描く行為と不可分であろう。

夢想⑧—6

「およそ我々に降りかかる禍いにおいて、我々はその結果よりも意図の方に注目する。屋根から落ちる瓦の方が我々をひどく傷つけるかもしれないが、それは悪意を抱いた者の手で、故意に投げられた石ほどには我々の感情を害わない。投石は時として狙いの外れることがあるが、その意図は必ず相手に到達する。運命の与える打撃のうちで、肉体的な苦痛は取るに足りない軽いものだ。そこで不運な人間は、おのれの不幸を誰のせいにすべきかわからぬとき、それを運命のせいにして、人格化し、眼だの知能だのくっつけて、故意に自分を苦しめる者とする」「賢明な人間はどんな不幸な中にあっても、そこに盲目的な必然性の仕業を見るだけで、そういう非常識な騒ぎ立てはしない。苦痛にあえば叫びはしようが、逆上したり怒ったりはしない。不幸な餌食になっても、肉体的な痛みを感ずるだけで、受ける打撃は空しくその身を損なうけれども、一撃たりとも心情にまで到達しない」（長谷川克彦訳）

後にルソーも書いているように、なかなかこのような諦観に達することは難しい。一時は思っても、すぐにもとの感情を取り戻してしまう。

この夏、図書館の脇で、二羽のカラスに襲われたことがあった。近くに巣があって子育ての最中で、近づくものは誰でも敵と看做すのだという。そんなことが分かっても、カラスの悪意を感じてしまい、憎しみさえも感じる。戸棚へ入り込んだ蟻の群れを見れば、単純に、蟻の好物を置かなければ良かったと感じるだけではない。ひねり潰したくなる。過剰に感情移入して「結果よりも意図」を感じるのは人間の習性かもしれない。

こうしたルソーの何気ない記述でさえも、彼によって書かれると、「結果」はニュートンの古典物理学の世界で、「意図」あるいは意志は、つまり感情のことだが、量子物理学の世界のことのように思われてくる。ただ、量子力学は、ニュートン力学を超える概念だから、人間は、図式上は簡単に、マクロ的な古典物理学で日常を解釈できるというわけなのである。前回は、ミクロからマクロを透視したルソーは、今度は、ミクロの困惑をマクロな視点で乗り切ろうとなると、融通無碍というのが境地であろうか。こうした感情の機微の世界は、書かなければ見た目では分からないということにも、ミクロの量子力学との類縁を感じてしまう。

今朝、ポオの『ユリイカ』（八木敏雄訳・岩波文庫）を再読していてこんな文章にめぐり合った。「重力と電気という二つの曖昧な術語を排して、もっと明確な引力と斥力なる用語を採用するとしよう。前者は肉体であるとするとなら、後者は魂である。一方は物質についての、他方は精神についての宇宙の原理である。その他の原理は存在しない」(五一頁)。

時代的には、ポオはルソーと量子論物理学の間にあって、すでに量子論を見越しているかのようだ。

夢想⑧—7　固有の愛

「私は運命に伴うさまざまな事情はすべて、単なる宿命のなせる業と看做すべきで、そこに目的も意図も道徳的原因も考えるべきではない。理屈を言ったり反抗したりしても無駄なのだから、そんなことをしないで、私は運命に服従しなければならない。私はなおこの世でなすべきことは、ただ自分を完全に受動的な存在と看做すことにあるのだから、運命を耐え忍ぶために残されている力を、空しく運命に逆らうために使うべきでない。そういうことを私は自分に言って聞かせた。私の理性、心情はそれに承服したが、それでもまた心情はぶつぶつ言っているのが感じられた。その不平はどこから生まれたのか？　私はそれを考えた。私はそれが分かってきた。それは自尊心から生まれたのだ。その自尊心は人々に向かって腹を立てていた後で、今度は理性に反抗しているのだ」(今野一雄訳)

ルソーを包囲するのがマクロ的な社会的な状態、それに反抗するのが、ルソーが寄って立つミクロ的な自然状態。そうした状況を「宿命」あるいは「運命」と看做すのは、ミクロの自然状態の精神をマクロの社会状態に浸透させて乗り切ろうと、ルソーは企てるためだ。感情も理性もいったん納得しながら、ぶつぶつ言って承服しない。それが何故なのか、ルソーはおのれの心に問い詰める。ミクロ的な量子力学でマクロの古典物理学を乗り切るには、最後の抵抗として、「自尊心」に思い至る。

青柳瑞穂訳と長谷川克彦訳は、それを「自惚れ」と訳している。どちらも日本語としてはこなれているが、前者はやや観念的な感じがするし、後者は道徳的な価値観に重きを置き過ぎている。原語はamour-propre、語彙的に直訳すれば、「固有の愛」である。日本語としては不自然だが、文脈から私は、より物理的にこのように解したい。ルソーの場合、結局は最終的に、自我は社会的な範疇に属していて、自然状態の中へと解消されるべきものなのだ。以下の文章は、上記の引用のすぐ後に書かれている。

「この発見は人が考えるほど容易なことではなかった。罪なくして迫害を受けているものは、自分のけち臭い個性への誇りを長い間正義への純粋な愛と取り違えているからである。しかしまた、真の源がひとたびはっきりと知られるならば、その流れは容易にとめることができる。あるいはとにかくその方向を変えさせることができる」「それは初め不正に対して反抗したが、しまいには不正を軽蔑するようになった。私の魂の中に閉じこもって、いらだたしくなる外部との関連を絶ち、比較や選択をあきらめ、私が自分にとって善なるものであるということだけで満足するようになった。そこで自尊心は、再び私自身に対する愛となって、自然の秩序に復帰し、世論の束縛から私を解放してくれた」(今野一雄訳)

夢想⑧―8

「本当に欠乏が感じられるようなことは結局めったにない。先のことを考えたり、想像したりすれば、それはいろいろと出てくるので、そういう感情が続いていくからこそ、人は不安になり、不幸になる。私はといえば、明日困るだろうと知ったところで無駄なので、今日困らなければ十分落ち着いていられるのだ。私は先に見える不幸を気にかけはしない。ただ現に感じている不幸に悩まされるだけだ。だからその不幸も些細なことになってしまうのだ。一人病床に取り残されて、私は貧困と寒気と飢えのために死んでしまうかもしれないが、それを苦にする人もいないだろう。しかし私自身にもそれが苦にならなければ、また私の運命がどうであろうと、他人同様に自分にも気にならなければ一向構わないのではないか？　生と死、病気と健康、富と貧困、光栄と屈辱、それらを等しく無関心な態度で眺めることを学んだというのは、特に私の年齢にあっては、取るに足りないことではあるまい。ほかの老人はみなすべてのことに不安を感じている。私はどんなことにも不安にならない。どんなことが起こったところで、私には無関心なことばかりだ。しかもこの無関心な態度は私の知恵から生まれたものではなく、私の敵の賜物なのである」（今野一雄訳）

また、不本意ながら、長い引用になってしまった。どこかで切り上げようとするのだが、それを許さない文章である。

東洋の聖人、たとえば老子のような悟りの境地である。特徴は、おのれの努力により達せられたのではなく、極めて、論理的に整然としていて、敵によってもたらされた境地ということになる。この違いは大きい。ある種の社会生活が前提となっていて、悟りを求めての出家とはわけが違う。この辺も、西洋文化の伝統を引き継いでいると私は見たい。粗忽に東洋思想と同一視することの危険な面であろう。すでに触れた、古代インドのギーターの瞑想世界へは限りなく近づいているのだが。

いずれにしても、究極の厳しい認識である。書かれているように、今日においても、老人はルソーの域に至ることはない。私もそのようでありたいと思うが、自信はほとんどない。世俗的な愛憎の絆は断ち切れないでいる。近くに永井荷風の終焉の地がある。一人暮らしの荷風が帰宅後倒れて果てた質素で荒れ果てた部屋の様子をイラストで見たことがある。ルソーの死も、傍に妻がいたとはいえ、荷風の孤独とそれほど隔たりを感じない。散歩からの帰宅後、倒れて激しい頭痛に襲われて絶命。質素な日常のたたずまいを遺して。

夢想⑧—9

「今でも人中を通って、偽りの愛情や、大げさな人を馬鹿にしたお世辞や、意地悪い甘言にもてあそばれる惨めなときにはそうはいかない。どんな風に振舞ってみたところでそういうときにはどうしても自尊心が動いてくる。薄っぺらな包装を透かして、彼らの心のうちに憎悪と敵意を見るとき、私の胸は苦悩に引き裂かれ、こうして愚劣な慰み者にされているという考えは、そうした苦悩に加えてまことに子供じみた悔しささえ感じさせられるのだが、それはおろかな自尊心の結果であって、実際馬鹿なことだと感じながらもそれを抑えることが出来ない」「官能に支配されている私は、どんなことをしたところで、決してその印象に抵抗することは出来なかったし、対象が官能に働きかけている限りは、私の心はそれに影響されずにはいない。しかし、そうした感情は一時的なもので、その原因となる感覚がある間だけ続くに過ぎない。憎しみを持った人間がそこにいると私は激しく心を揺すぶられる。けれどもその人の姿が見えなくなればすぐに印象も消える。その人が見えなくなった瞬間から私はその人のことを考えない」「現に感じていない苦しみは全然私の心を動かさない。目の前にいない迫害者は私にとっては存在しないも同然だ」(今野一雄訳)

すでに東洋的な悟りとの相違については触れた。この相違は無視できないものであることも。ルソーは個人的な救済を悪く言えば、エゴイステックに一途に求めているのではない。彼は人間存在のリアリティーの足場をもっと深いところに持っている。あえて言えば現象学的である。「意識の対象のみに内的に固有な地平をではなく、外に向かって連関の本質を指示する地平を絶えず露呈すること」（フッサール『デカルト的省察』岩波文庫・一〇三頁）。ルソーの文章を読んで、彼が女々しいとか、煩悩に囚われすぎているとか見るべきではない。彼は最後の最後まで、自然の一部である自我を肯定的なものとして認めている。基盤は、これまでも何度も触れた《エクリチュールの白紙》という潔白である。その白紙の上を事後に過ぎり描かれるものとして、自然な感情があり、悪くは官能があり情念がある。現実との距離と回想はエクリチュールに生きる者の生命である。瞬間には、エクリチュールの治癒効果はない。また、瞬間のエクリチュールなどいうものは自家撞着に過ぎず有り得ない。逆説的に言えば、東洋的な諦観には自家撞着の危惧が少なくないと言えよう。余談になるが、宮沢賢治の場合、信仰と文学が分裂している。端的に「銀河鉄道の夜」に見るように、エクリチュールが信仰から離脱している。極論すれば、彼の無意識が、《書くという行為》によって、排他的な信仰を裏切っている。なぜ、銀河の果てでキリスト者を登場させねばならなかったのか。賢治の心の深いところで、エクリチュールの思想が貫かれていることを、彼の数々の詩や童話が如実に示している。法華経信仰は、本質的には排他的なものであり、自然宗教と相容れない。人を統一的に捉えるという観点から言えば、賢治は信仰と文学の分裂という悲劇的な生き方をしたと言えよう。もっとも、私たち後世の人間の理解の仕方に過ぎないのだが。

夢想⑧―10

「そうした無意識的な最初の衝動を抑えることの不可能なことをはっきりと思い知らされた私は、そんな努力は一切やめてしまった。攻撃を受けるたびに、私は血を燃え上がらせ、怒りと憤懣が官能を捕らえるがままにして、なんとしてもやめることも、我慢していることも出来ないその最初の爆発を自然に任せておく。私はただそれが何らかの結果をもたらさないうちに止めさせるようにしている。キラキラ光る目、ほてった顔、震える手足、息づまるような動悸、そういうことはすべて肉体だけに関係のあることで、その場合あれこれと考えて見てもどうにもならない。けれども、自然のままに最初の爆発をさせておいてから、少しずつ良識を取り戻して、私は再び自己の支配者となることが出来る。そして私が長い間試みてもなかなか成功しなかったことだが、今ではずっとうまくいっている」（今野一雄訳）

もっともルソー的性格の特徴を現している文章であろう。一つの戦略とか、方法を感じさせられる自己凝視。感受性に優れ、感激しやすく、感情に率直であるということは、社会生活上、マイナスに作用することは誰でも知っている。人は自分のそうした自然の傾向を否定的に捉えて、なんとか感情からの脱却を試みる。仏教的には煩悩であり、出家する主な動機であろう。とりわけ、日本社会はそうした抑止力が強い。韓国人と日ごろ接触する機会があるが、彼らと比べてそうした傾向を強く感じる。そうかといって抑止できるはずはなくうちに籠る。挙句の果て、破れかぶれの暴走。そこで、俗物は溜飲を下げて拍手喝采となる。ところが、ルソーはここで逆転の発想を試みる。感情的な人間であればこそ、そうした自分を客観的に見ることが出来る。中途半端な性格では、感情問題を自分から切り離せず、曖昧な解決、つまり、知的に処理できない。感情の過剰と強度による、一種の物体化である。物体であるから、力学に従い無駄な抵抗はしない。抵抗は無意味なのだ。すでに挙げたインドの聖典『バガヴァッド・ギーター』の瞑想の境地と方法的に同じである。ルソーは、感情をあたかも空を流れる雲のように、その消滅と沈静を静かに待つ。その境地は、宇宙にあまねく純粋意識にある。その純粋意識の戯画的な在り様が《エクリチュールの白紙》なのだ。以下の引用の聖バガヴァットは純粋意識と考えられる。

「聖バガヴァットは告げた。——私に意を注ぎ、私に専心して念想する、最高の信仰を抱いた人々は、最高に専心した者であると、私は考える。ただし、不滅で、説明されえず、非顕現で、至るところにあり、不可思議で、揺るぎなく、不動であり、堅固なものを念想する人々、感官の群れを制御して、一切に対して平等に考え、万物の幸福を喜ぶ人々も、私に達する。だが、非顕現なものに専念した人々の労苦はより多大である。というのは、非顕現な帰結は、肉体を有する人々によっては到達され難いから」（上村勝彦訳『バガヴァット・ギーター』岩波文庫一〇四頁）

夢想⑧—11　エクリチュールの真髄

「どんな衝撃でも私に激しい、しかし短い間の運動を起こさせる。衝撃がなくなればすぐに運動はやみ、伝達されて私のうちに長く留まっていられるものはなに一つない。こんな風に出来ている人間に対しては、運命が引き起こすどんな事件も、人間のあらゆるからくりもほとんど影響を持たない。私に永続的な苦悩を感じさせるにはその印象が瞬間ごとに更新されなければなるまい。なぜなら、どんな短い間の中断も十分に私を私自身に立ち返らせてくれるからだ。人々が私の官能に働きかけることが出来る間は、私は彼らの好きなようになっている。けれども弛緩が生じた最初の瞬間に、私は再び自然が欲したとおりのものになる。これこそ、人がどんなことを試みでも、私の絶えて変わらない状態なのであって、それによってこそ、運命の悪戯にもかかわらず、幸福であるように生まれついたと感じている私は、まさにその幸福を味わっている」（今野一雄訳）

熟読したい文章である。よく読むと、これはルソーがこの文章を書きつつ感じている幸福について書いているのだ。つまり、《書くという行為》の幸福を。それは彼の思想のキーワードである《自然状態》にあるエクリチュールの真髄を語っている。私が『バガヴァッド・ギーター』について触れたときに書いた瞑想の境地、「純粋意識」のアナロジーあるいは戯画的なあり方としての《エクリチュールの白紙》を思い起こして欲しい。

《自然状態》とは、《社会状態》を取り除いた跡になお残る概念であって、現実的には近似値的にしか存在しない。（ルソーは、おそらくＤＮＡ遺伝子レベルでさえも、社会状態の側の概念であって、自然状態として認めないだろう）。

それは現象学で言う、記述的な概念である。「これら多様なものは、その都度の可能的綜合によってノエシス—ノエマ的に互いに関連し合って一体をなしている」（岩波文庫『デカルト的省察』一〇二頁）。視覚的には見えない、描かなければ存在できない量子力学的概念なのだ。もっと正確には、存在しないものを書こうとする、描こうとする、想像する世界なのだ。ベルクソンでは《イマージュ》、フッサールでは《現象学的還元》。そして、ルソーでは《自然状態》。ついでに言えば、柳田國男では、「遠野物語」のような古代と共存する現在。いずれも《エクリチュールの白紙》という概念で深いところで統一できるはずである。

次は「第九の散歩」である。

夢想⑨

「幸福というものはある永続的な状態なのであって、それはこの世では人間に与えられないものらしい。地上ではすべてが絶え間ない流れのうちにあって、何ものも普遍の姿を持つことは許されていない。私たちの周りにあるものはすべて変わってゆく。私たち自身も変わってゆき、今日愛しているものを明日も愛しているかどうか、誰も確信を持って言うことは出来ない。だからこの世の生活の幸福を求める私たちの計画はすべて幻想なのである」「幸福というものは外見的なしるしを持たない。それを知るには幸福な人の心の中を読み取らなければなるまい。けれども満足感というものは目つきや、態度や、言葉の調子や、歩き方などによって読み取ることが出来るし、その様子を眼にする人に感染するものでもあるらしい。何かの祝い日などに民衆のすべてが歓喜に酔っているのを見、すべての人の心が人生の雲間にきらめく一瞬のしかし強烈な、悦楽の神々しい光にほころびるのを見るに勝る快い楽しさがあろうか」（今野一雄訳）

「第九の散歩」に入ったが、前の散歩のときの言説と矛盾しているようにも感じられる。ここで言う「幸福」は幻想のものである。一方、真の「幸福」は「心の中を読み取らねば」得られないものなのだ。つまり、エクリチュールの白紙。

しかも、真の「幸福」が内面的なものと捉えながら、「満足感」は大衆的な喜びの中に眼差しや表情や言葉の端々にみなぎるのを認めている。おそらく、ルソーは「幸福」というものが、満足感の表象に見るように、個人的なものではなく、それを超えたところにあると見ているのであろう。子供っぽさが感じられるほどの健康な充足。

実は、以降展開される記述、この「第九の散歩」に、私は魅力を感じていない。心に響いてこないのだ。「捨て子事件」で傷ついたルソーが、再び息を吹き返して、綿々と弁明に努める姿をどうしても拭い去れない。すでに彼は以前の散歩で、十分に書いているのだ。孤児院の前に自分の子を次々に捨てるような人間は、子供を愛しているはずはない。子供の教育を説く資格はない。そんな誹謗の声に、傷ついたルソーはくどくどと自分の善行の数々を書き記すのである。読んでいて「ジャン・ジャック、もういいよ！」と叫びたくなる。従って、引用はしたくない。いずれにしても、この「散歩」は上記引用の冒頭部分を除いて、内容的に繰り返しが多い。
次回は最後の「第十の散歩」である。

夢想⑩

「今日は枝の日曜日、初めてヴァラン夫人に会ったときからちょうど五十年になる。今世紀とともに生まれた夫人はその頃二十八歳。私はまだ十七歳にもならず、ようやく形作られようとしていた気質を自分ではまだ意識しなかったけれども、それはもともと活気に溢れた心に新しい情熱を注ぎ込んだ。快活ではあるがおとなしくて慎み深く、顔立ちもかなり感じのいい青年に対して、夫人が親切な気持になったとしても別に不思議はなかったとするなら、才気と優美に恵まれた魅惑的な女性が、私に感謝の心とともに、はっきりとは区別できなかったが、感謝以上に優しい感情を抱かせたというのもなおさら不思議ではなかった。だが、普通の場合と違っていたのは、その最初の瞬間が私の一生を決定してしまったということ、そして、不可避の連鎖によってその後の私の運命を作り出したということである」（今野一雄訳）

この最後の「散歩」はわずか数頁で、彼の死によって永遠に中断され遺されるのだが、引用はその冒頭の文章である。それがヴァラン夫人（翻訳によってはヴァランス夫人、フランス語圏での発音の相違か）の回想で始まるのは極めて印象的である。いよいよ、ルソーの死について語らねばならない時点に来た。手元にある中里良二氏の『ルソー——人と思想』（清水書院）から引用させていただく。

「彼は、その晩年の数年をひどい貧困に悩まされる。一七七七年はテレーズ（ルソー夫人）が病気になり、ルソーがその看病をしなければならなかった。また、彼はもう写譜が出来なくなってきた。貯えは不十分であった。七八年五月二十日、彼は彼の愛読者のジラルダン侯爵の好意でパリから二十マイル離れたエルムノンヴィルに移る」「この地は、彼の気に入った土地の一つであり、ここで彼はジラルダン侯爵と植物採集をしたりして楽しんだ。七月二日、彼は朝早く起きて散歩に行った。そして8時ごろ戻り、テレーズと女中と一緒に朝食をとった。その後、彼はテレーズを錠前屋に払いにやった。彼は、ジラルダン侯爵の娘に音楽を教えに行こうとして突然倒れた。テレーズが戻ってくるとルソーはうめいていた。テレーズはルソーの死のたった一人の目撃者であった」。写譜は、彼が晩年の生業とした楽譜写しの仕事なのだが、残念ながら具体的には不明。

ルソー少年に深い影響を与えたヴァランス夫人について若干触れておきたい。自伝『告白』の第二巻から第五巻にかけて夫人の人物像が克明に描かれている。乞食にも等しい放浪生活を送っていたルソー少年が、人の紹介で、ヴァランス夫人の屋敷を訪ねた初対面の場面を最後に引用しておこう。「その戸口をくぐろうとしていたヴァランス夫人は、私の声で振り返った。その人を見たときの驚き！　私は気難し屋の信心家の婆さんを予想していた。ポンヴェール氏（紹介者）のいう慈悲深い婦人というのは、それより考えようがなかった。いま目の前に見たのは、愛嬌したたるような顔、優しさを含んだ美しい青い目、まぶしいような血色、ほれぼれする胸の辺りの輪郭。若い改宗者の素早い眼は何一つ見逃さなかった。改宗者などというのは、この瞬間、私はこの人の感化を受けてしまったからだ」（岩波文庫『告白』上巻・七一頁）

夢想―最終回

ジャン・ジャック・ルソーの文字通りの絶筆『孤独な散歩者の夢想』を読むという私のブログでの試みは終わった。『エミール』に引き続いて、自分としては精一杯の〈読む〉という行為であった。ブログの形式にあわせてリアルタイムで読むのは、自分の勉強になるし、普段思ってもいなかったものを内奥から引き出せたと思っている。ヴァランス夫人について十分書けなかったのは残念であった。ルソーの『夢想』の記述だけ読んでも、この夫人について理解できるはずはない。

ルソーは、母親を出生の一週間足らずで失っている。常識から言って産褥によって亡くなったのであろう。いわば母親の生まれ変わりであり、父親にとっては、妻の形見として生まれた。多感激情型の父は幼いルソーを前にして、妻を偲んで泣いたという。また、時計職人のくせに、小説やプルターク英雄伝が好きで、ルソーによく読み聞かせたという。

決闘沙汰から父親は出奔、ルソーは叔母たちに育てられる。どういうわけか、ルソーは女たちの影響を強く受ける。性格の著しい特徴である、はにかみや気後れは、女性的な特徴と見なされるものでもある。

ヴァランス夫人はプロテスタントからカトリックへの改宗者であった。彼女はカトリック公認で改宗者の更生を援ける仕事をしていた。一方、ルソーは放浪の末に生活苦からカトリックへ宗旨替えをしていた。後に戻ることになるのだが。そのため、夫人と見える機会を得たのである。ヴァランス夫人とルソーとの関係をさらに理解するために、『告白』の一文を前回に引き続いて引用したい。

「私たちが初めて会ったときの一瞥、これが私がこの人に感じた真に情熱的な唯一の瞬間だった。それも突然の出会いだったためにそうなったのだ。私の眼は図々しく夫人のネッカチーフの下を探ったりは決してしなかった。そこに隠し切れないむっちりしたものが視線をひきつけたはずなのに。私は夫人のそばで逆上もせず、欲情の虜にもならなかった。恍惚とした静かな気持の中で、何かはっきりと分からぬものを楽しんでいた。こういう気持の中に一生過ごしても、いや永久に続いても、少しも飽きなかったであろう。この人と話すときだけ、面白くない話を続けなければならぬあの苦痛というものを感じなかった」（岩波文庫『告白』下巻・一五三頁）

この極めて小説的な文章の中に、ルソーの思想の過半が示されているといって過言ではない。母性的なものと恋人的なものが一体となった感情、自然状態と社会状態が不分明に混在したものとも言えようか。つまり、それが、無意識とはいえ、ルソーによって見出された、《エクリチュールの白紙》なのだ。そこに描かれる会話にどうして屈託があろうか。

最後に、付け加えておきたい。いったん瞑想的平安を得たルソーが、未練がましく見えるほど、周囲との摩擦、社会状態に執着したのは、ルソー思想の弱点ではなく、それがあるからこそ、構造的あるいは方法的問い掛けの余地を最後まで残したということ。日本的理解は、ルソーのその面を必ず見落としている。

私が『孤独な散歩者の夢想』を読んで得たのは、以下の三点に要約できる。

①（自然と結びついた）自己の絶対的な肯定、または、意識の純粋性

②自己疎外の元凶である社会的状態との徹底した対決、なぜなら、人は社会的な人間であらざるを得ないから

③熟成と距離の思想。

いずれもエクリチュール思想の基底にある。

（完）

高橋　馨（たかはし かおる）

1938年9月、東京都墨田区東両国に生まれる。

著　書
　詩的作品集
　　「詩への途上で」（港の人）「人を訪ねる」（BookWay）
　文芸評論集
　　「湖の騎士のエクリチュール」（BookWay）
　長編ＳＦ小説
　　「Space opera classic　奇跡の回廊」（文芸社）

現住所　〒272-0815　市川市北方2-31-15

モナドの寓話

2015年3月8日発行

著　者　高橋　馨
発行所　ブックウェイ
　〒670-0933　姫路市平野町62
　TEL.079（222）5372　FAX.079（244）1482
　https://bookway.jp
印刷所　小野高速印刷株式会社

ISBN978-4-86584-372-9